DU MÊME AUTEUR

Aux Éditions Gallimard

LES JEUNES FILLES ET LES PARTISANS
LE VOYAGE DES BOUTEILLES VIDES
CUNÉIFORME
LA MAISON DE LA MOSQUÉE

Du monde entier

KADER ABDOLAH

LE MESSAGER

roman

Traduit du néerlandais
par Anne-Lucie Voorhoeve et Françoise Antoine

nrf

GALLIMARD

Titre original :

DE BOODSCHAPPER

Ce livre est dédié
à Zayd ibn Harithah
et à Zayd ibn Thâbit.

Bien que les histoires et événements relatés dans *Le Messager* soient fondés sur des faits historiques, il convient de les lire dans l'esprit des lois de la littérature.

KADER ABDOLAH

1

Zayd, le chroniqueur

Mon nom est Zayd ibn Thâlith.

Je fus le chroniqueur du messager Muhammad.

Le Messager n'avait pas de fils. Il m'adopta alors que j'avais environ sept ans.

Tout le monde m'appelait Zayd ibn Muhammad : Zayd, le fils de Muhammad.

Je devais avoir cinq ans lorsque ma mère m'emmena à la cité de Taïf pour une visite de famille.

Je n'ai aucun souvenir de ce voyage mais, bien des années plus tard, ma mère, à ce sujet, me raconta ce qui suit :

« Nous avons traversé le désert avec une caravane de douze chameaux. Tu n'as jamais quitté mes genoux. Sur la selle, tu te tenais tranquille et contemplais le paysage mais, quand la caravane s'arrêtait pour se reposer, j'avais du mal à te garder près de moi. Tu courais dans tous les sens et suivais le premier venu. Sur le marché de Taïf, tu as lâché ma main et disparu derrière un étal. J'ai couru après toi, mais ne t'y ai pas trouvé. J'ai couru vers les autres étals : pas de Zayd. J'ai pleuré, j'ai crié, j'ai couru de tous côtés, mais tu n'étais nulle part. À la fin du marché, lorsque tout le monde fut parti, je me suis retrouvée là les mains vides. Je n'osais pas retourner chez ton père. J'avais perdu son fils préféré. »

Moi, Zayd, j'avais été volé et je ne sais plus comment ça s'est passé. Je ne me souviens pas non plus de ma mère, ni du marché. Mais je me vois encore comme si c'était hier, nu et sale dans une cage, entouré de quelques autres garçons nus, telle une troupe de petits singes.

J'ai compris par la suite que, pendant deux ans, je n'avais cessé d'être vendu et revendu.

Quand j'eus sept ans, un petit propriétaire d'esclaves de La Mecque m'acheta dans le bazar de Djandal. Il m'emmena à La Mecque.

Ce marchand ventru s'appelait Hakim ibn Hizam.

À partir de ce moment-là, j'ai presque tout gardé en mémoire, car ce fut un grand revirement dans ma vie.

Je savais que j'étais de La Mecque et espérais tomber sur mes parents, dans la rue ou au marché aux esclaves. Je fredonnais leurs noms tout au long du jour pour ne pas les oublier.

Mon père s'appelait Thâbit ibn Sharasil.

Ma mère avait pour nom Sadi bint Salab.

Je rêvais du moment où j'apercevrais ma mère au marché et lui crierais : « Sadi bint Salab, c'est moi, Zayd, ton fils ! »

Mais mes parents, dans la réalité, devaient être bien différents de ceux de mon imagination. Et d'ailleurs, eux non plus ne me reconnaîtraient plus car j'avais changé ; le soleil avait tanné ma peau.

Il n'y a cependant pas plus capricieux que le destin.

Le propriétaire d'esclaves Hakim ibn Hizam m'emmena chez lui et me libéra telle une chèvre dans sa cour intérieure. Puis j'eus le droit de pénétrer dans la maison.

Ce même jour, on frappa à la porte et le propriétaire d'esclaves cria : « Zayd, ouvre ! »

J'obéis. Une femme d'un certain âge entra. Je crus qu'il s'agissait de l'épouse de mon maître.

« Qui es-tu ? » me dit-elle d'une voix douce.

Je restai muet.

« Comment t'appelles-tu ?

— Il s'appelle Zayd, lui lança mon maître depuis sa chambre. Je l'ai acheté au marché de Djandal. »

La femme était une cousine de mon maître. Après avoir parlé un moment avec lui, elle sortit de la chambre et me dit : « Viens, tu pars avec moi. »

J'interrogeai mon maître des yeux.

« Zayd, tu as eu de la chance, fit-il. Ma cousine n'a pas de fils. Elle vient de t'acheter. C'est désormais elle, ta maîtresse ; elle s'appelle Khadija. Conduis-toi bien. »

Khadija me prit par la main et m'emmena.

Bien qu'étant un enfant, je compris aussitôt que j'arrivais dans une maison somptueuse. Car, par rapport aux autres demeures de La Mecque, celle de Khadija ressemblait à un petit palais.

Khadija me fit laver et habiller. Je redevins un être humain, un garçon ordinaire.

À la tombée du soir, son époux rentra.

« Regarde, j'ai un cadeau pour toi ! » lui dit-elle toute contente en me montrant du doigt.

Son époux s'appelait Muhammad ibn Abdallah. Il devint plus tard le messager d'Allah.

Le lendemain matin, Muhammad me lança : « Suis-moi, Zayd ! »

C'était mon nouveau maître. Peu importe où il allait, je lui emboîtai le pas.

Je ne pouvais pas savoir qu'il partait à la recherche de mes parents.

Et il les trouva. Ces derniers n'arrivaient pas à croire que je puisse être leur fils, si grand, si beau, si bien vêtu. Ma mère se tenait raide comme un piquet contre le mur, paralysée de peur. Mon père se laissa tomber aux pieds de Muhammad, mais celui-ci le releva.

Je restai une semaine dans la misérable petite maison de mon père ; le vendredi, cependant, il me ramena chez Muhammad et lui dit : « Son bonheur est auprès de vous. S'il est heureux, nous le serons aussi. »

C'est ainsi que je devins le fils de Muhammad.

Khadija était la première femme de Muhammad.

Elle m'apprit à lire, elle m'apprit à écrire, mais Muhammad était mon maître. Je l'ai suivi comme son ombre jusqu'à sa tombe.

À l'époque, je ne savais pas pourquoi je le faisais.

Je l'ai compris par la suite. J'étais passionné de poésie et m'absorbais dans les récits de Muhammad.

Quand il embrassa sa mission de messager, ma vie aussi s'en trouva complètement transformée. Je ne le quittais pas un instant, à moins qu'il ne m'envoie quelque part.

Lorsqu'un texte lui était révélé, il tremblait. Il s'affaissait comme si on lui eût fauché les jambes, tombait à genoux, se frottait la tête comme un cheval contre le sol et prononçait des paroles incompréhensibles.

Dans ces moments-là, nous étions souvent seuls. Les deux ou trois premières fois, je fus pris de peur, je ne savais pas comment réagir. Je courais prévenir Khadija.

Puis je cessai de le faire. Mon devoir était de rester auprès de Muhammad, j'en avais conscience et devais apprendre à m'en accommoder.

Quand il recevait son message, j'attendais tranquillement jusqu'à ce qu'il s'écroule par terre, épuisé. Je le couvrais ensuite aussitôt d'une couverture et le laissais se reposer.

À la mort de Muhammad, j'étais un homme dans la force de l'âge. J'avais les cheveux noirs, mais la moustache déjà grisonnante.

J'étais encore en plein deuil lorsqu'un cavalier se présenta devant ma porte, sur un cheval arabe bai brun.

« Zayd ! » cria l'homme.

C'était l'estafette d'Omar.

Je n'hésitai pas. Je savais pourquoi on m'appelait, j'enfourchai ma propre monture et suivis l'estafette d'Omar.

Après Muhammad, Omar était le dirigeant le plus important de l'islam. C'est lui qui régla tout à la mort de Muhammad. C'était un chef rusé et un général des armées impitoyable.

En sueur, je me prosternai à ses pieds.

« Zayd ibn Thâlith ! me dit Omar. Muhammad s'en est allé, mais nous n'avons pas ses révélations. Réunis ses textes ! Maintenant ! Que ce soit fait dans les plus brefs délais. C'est un ordre ! »

Je connaissais Omar, il me connaissait, un mot de plus eût été superflu.

Je baisai sa main, sortis, sautai sur mon cheval et quittai la cité au galop, en direction des champs. J'étais tellement transporté de joie à l'annonce de cette mission qu'un moment j'eus du mal à retrouver le chemin du retour.

La nuit venue, je peinai à m'endormir. Oh, quelle nuit grandiose, quelle glorieuse mission ! Comment allais-je m'y prendre ? J'avais été témoin en personne de la révélation de certains textes. Mais, pour la majorité d'entre eux, il me fallait les rassembler à partir des souvenirs des disciples de Muhammad.

Je me postai à ma fenêtre et regardai la nuit claire et infinie au-dessus du désert.

Il m'était donné, à moi, Zayd ibn Thâlith, de transcrire le Coran.

Celui auquel revenait un tel honneur devait pouvoir retenir ses larmes pour ne pas mourir de bonheur.

Dès que la lumière du petit matin effleura la fenêtre de ma maison, j'attrapai mon sac et sellai mon cheval.

C'était parti !

2

À la recherche du Coran

Pour commencer, je rendis visite aux femmes de Muhammad. Elles me donnèrent des citations qu'elles avaient couchées sur le papier, brodées sur leurs chemises de nuit et fait graver sur leurs pièces d'or.

« Est-ce tout ? » demandai-je.

Aïcha, la jeune et belle veuve rousse de Muhammad, détacha son petit pendentif en or et me remit le bijou. J'examinai le texte court gravé sur l'or en de très fins caractères.

Et Il retenait les étoiles
Pour les empêcher de tomber sur la terre.

Puis je voyageai jour et nuit, d'un bout à l'autre du pays, à la recherche des textes.

J'écoutais et notais.

Sept mois plus tard, je rentrai, suivi de trois chameaux surchargés. Le chargement comprenait des parchemins sur lesquels les textes du Coran étaient écrits, des os plats de chameau aux citations gravées, des étoffes aux paroles brodées et des morceaux de bois où étaient inscrites un grand nombre de phrases.

Une fois chez moi, je m'enfermai à double tour dans ma chambre. Je n'en sortis pas pendant une année entière, jusqu'à ce que j'aie fini de rédiger le Coran.

Quand j'eus terminé, j'avais le soleil dans le cœur. J'enfilai des vêtements propres et mes nouvelles chaussures en cuir. Le Livre flambant neuf sous le bras, je chevauchai tel un prince jusqu'à la maison d'Omar.

Je me prosternai à ses pieds et m'exclamai : « Le Coran ! »

Ma mission était accomplie.

3

Omar, le deuxième successeur de Muhammad

Mais ce ne fut pas aussi simple.

Les adversaires de mon Coran se firent entendre. Ils représentaient six puissants courants défendant chacun un Coran divergent. Ils prétendaient que j'avais écrit mon propre Livre, qui n'avait rien à voir avec les récits originels de Muhammad.

Je n'avais rien à répondre. C'était à Omar de trancher. À cette époque, l'unité était indispensable.

Omar décida que le Coran réuni par mes soins ne serait pas dévoilé, mais conservé dans les cercles du pouvoir en tant que source et base.

Plus tard, lorsque Omar fut assassiné et qu'Othman lui succéda, le débat sur le Coran reprit de plus belle.

Un matin, de bonne heure, les représentants des six puissants courants se présentèrent devant la porte d'Othman. Leurs chameaux étaient chargés d'écrits.

Othman laissa entrer les chameaux dans la cour. Puis on ferma de l'intérieur le portail à double tour.

Les chameaux furent déchargés et les écrits empilés.

« Zayd, passe tout en revue, ajoute le nécessaire et supprime le superflu. Prends ton temps ! » dit Othman avant de s'éclipser.

Ces fragments et textes m'occupèrent un très long moment. Deux ou trois fois, j'allai consulter des experts. Mais enfin arriva le jour où je pus faire savoir à Othman que le travail était terminé. Othman vint. On déroula un tapis dans la cour et apporta une lanterne.

Othman donna l'ordre de vider la maison de ses occupants.

Je pris place derrière un étroit pupitre, ouvris mon Coran et remis à Othman une liste de remarques concernant des points sur lesquels j'avais encore des doutes.

Il s'assit et examina attentivement la liste. Puis il vint s'installer près de moi sur le sol. Il dicta quelques phrases et indiqua de son index où je devais les ajouter dans le Livre. Je fis ce qu'il me demandait.

Ce fut une longue nuit de réflexion et de labeur.

Soudain une belle idée me vint à l'esprit. J'avais écrit les textes à la suite, sans les organiser. Je me dis qu'ils gagneraient en clarté si je les divisais en cent quatorze parties : le Coran en cent quatorze chapitres, ou sourates. Et cela deviendrait encore plus clair si je donnais un titre à chaque chapitre : « La table servie », « L'abeille », « Les troupeaux », « Les femmes », « Marie », etc.

Il manquait cependant encore quelque chose et je ne savais quoi. À nouveau, j'eus une idée géniale, une inspiration magique. Je découvris une lettre qui n'existait pas, une lettre sans la moindre signification. Un caractère minuscule, un point, un astérisque.

Je plaçai ce point ou cet astérisque à la fin de chaque phrase. C'était incroyable. Ces astérisques vides de sens exprimaient d'une manière ou d'une autre beaucoup. Ils procuraient clarté, compréhension et bonheur. Ainsi j'ajoutai au texte cent quatorze titres et des milliers d'astérisques.

Le Coran est d'Allah.

L'ordre, les titres et les points dans le Coran sont de moi, Zayd, le chroniqueur.

Le nouveau Coran en main, aux anges, Othman éteignit la lanterne et s'exclama : « Zayd ! On s'en tient là ! Détruis le reste.

— Le détruire ? demandai-je.

— Brûle tout ! »

Quand le jour se leva, Othman sortit dans la cour. Il jeta un regard sur les cendres résiduelles.

Sept cavaliers apportèrent le Coran, recouvert d'une étoffe verte transparente, à la mosquée. Et couchèrent délicatement le Livre sur une estrade.

Othman tira son épée et la posa sur le Livre : « Voici le Coran ! »

Personne n'osa dire quoi que ce soit.

Et tout le monde put contempler le Livre.

4

La vie de Muhammad

Lorsque je commençai à réunir les textes du Coran, je me rendis compte qu'il était impossible de comprendre le Coran sans comprendre Muhammad.

Moi-même, je découvris un nouveau Muhammad en travaillant à l'élaboration du Livre.

Avant, je le voyais comme un rêveur, un bon vivant, un amateur de femmes et un dirigeant ayant pris énormément de risques.

Lorsque je mis ses récits sur le papier, c'est alors seulement que je vis l'homme en lui, un homme curieux. Précédemment, je l'avais toujours considéré comme un père, un maître, un seigneur de guerre, un prophète. L'homme Muhammad était ma découverte et c'est ce que je voulais montrer au monde.

Je savais que d'autres, par la suite, broderaient beaucoup sur sa vie, et en feraient peut-être aussi disparaître des pans. C'est pourquoi je me dis à moi-même : « Zayd ! Écris la vie de Muhammad. »

À l'époque d'Omar, alors que le Coran composé par moi ne pouvait être rendu public, j'attrapai mon sac, sautai sur mon cheval et me mis en route, cette fois-ci dans le but de rassembler des fragments de la vie de Muhammad. Ce qui allait probablement m'occuper jusqu'à la fin de mes jours.

Pour reconstruire ses jeunes années, je devais retourner à La Mecque d'autrefois, sur le lieu de sa naissance.

Je décrirais les coutumes et les conditions qui régnaient dans la cité de sa jeunesse. J'évoquerais surtout la Kaaba, où étaient conservées les idoles.

En fait, la vie de Muhammad fut marquée par un seul rêve : briser les idoles et purifier la Kaaba pour l'offrir en tant que demeure à Allah.

C'est pourquoi, si je veux parler de Muhammad, je dois débuter par la Kaaba et les idoles. Ou plutôt : par la cité de La Mecque.

5

La Mecque

La Mecque était un carrefour commerçant. Dans la Kaaba étaient conservées trois cent soixante-cinq idoles. Les idoles étaient des statues de pierre et de bois, parées d'étoffes, d'or et de couleurs.

Il y avait aussi deux ou trois grandes effigies sur le parvis de la Kaaba.

Nous avions pour voisin à l'est l'Empire perse. Les Perses étaient monothéistes depuis déjà quelques milliers d'années : ils avaient un seul Dieu qui s'appelait Ahura Mazda. Zarathustra était leur prophète et ils avaient un Livre intitulé l'Avesta.

À l'ouest, nous avions pour voisin l'Empire byzantin. Les Byzantins étaient également monothéistes : ils avaient un seul Dieu et un prophète qui s'appelait Isa, ou Jésus. Eux aussi avaient un Livre : l'Endjil, ou la Bible.

La population de La Mecque se composait de nombreuses tribus, chacune ayant sa divinité. Ces divinités avaient reçu une place dans la construction cubique qu'était la Kaaba.

Personne ne sait exactement qui a édifié la Kaaba. Ce bâtiment millénaire a toujours servi de sanctuaire.

Nous savons que le vieux prophète Ibrahim a placé un jour une grande et mystérieuse pierre noire dans l'un des murs de la Kaaba. Nous croyons que cette pierre est tombée du ciel et qu'Ismaël, le fils du prophète Ibrahim, l'a trouvée.

Ibrahim s'est servi de cette pierre divine pour en faire la pierre angulaire de la Kaaba. Nous l'appelons *al-Hajar al-Aswâd*, la Pierre noire.

Pour le reste, nous ignorons tout de l'histoire de la Kaaba. On prétend cependant qu'Ibrahim est aussi l'édificateur de la Kaaba.

Nous, habitants du désert, avions pris du retard sur les peuples civilisés qui avaient un seul Dieu et un Livre. C'est pourquoi Muhammad voulait débarrasser la Kaaba de ces idoles et la dédier à un seul dieu. Un dieu qui vivait au septième ciel. Le Dieu de Muhammad, qui s'appelait Allah, ce qui signifie : Il est Un.

Tous les vendredis, il y avait foule sur le parvis de la Kaaba, car les gens offraient alors des sacrifices à leurs idoles.

Muhammad ne s'y montrait jamais, mais, une nuit, je me rendis en cachette à la Kaaba et regardai à l'intérieur, de derrière l'épais rideau noir. La pièce était plongée dans la pénombre, un air chaud imprégné de senteurs pénétrantes me frappa le visage. Des bougies brûlaient dans les chandeliers, leur flamme jetant des reflets sur l'or et l'argent. Par ce jeu d'ombres et de lumière, les idoles paraissaient grandes et terrifiantes. Les gens s'inclinaient devant elles et déposaient leurs offrandes au pied des statues. L'endroit était interdit aux enfants mais, longeant le rideau, je me glissai prudemment à l'intérieur de la Kaaba. Dans l'obscurité, je frôlai les idoles et tâtai leurs habits d'argent et leurs glaives d'or. Un vieil homme, toutefois, me prit sur le fait. Il m'attrapa par l'oreille et me chassa.

6

Le partage du pouvoir à La Mecque

À La Mecque, en ce temps-là, la hiérarchie du pouvoir se présentait comme suit :

Les idoles
Les propriétaires d'esclaves
Les grands commerçants
Les juifs
Les chameaux
Les hommes
Les esclaves
Les femmes esclaves
Les chèvres
Les femmes

Les propriétaires d'esclaves envoyaient leurs esclaves travailler dans les fermes et dans le désert, et ils vendaient les enfants de ces derniers aux commerçants.

Le chameau était un symbole de richesse. Plus quelqu'un avait de chameaux, plus il était puissant et fortuné. Les grands commerçants avaient parfois des centaines de chameaux et d'innombrables personnes travaillant sous leurs ordres. Leurs caravanes rapportaient des marchandises de l'Empire byzantin et transportaient ces articles jusqu'aux frontières orientales pour les échanger avec ceux des commerçants perses.

Les juifs vendaient des étoffes et de l'or. Parallèlement, ils gagnaient beaucoup d'argent sale en prêtant à usure. Parce que les juifs avaient un Livre, ils se montraient de surcroît arrogants. Ils se croyaient meilleurs et regardaient les autres de haut.

Les femmes étaient traitées comme des bêtes. Tout homme fortuné avait vingt, parfois trente, épouses chez lui. Il possédait d'innombrables femmes esclaves et fréquentait à l'extérieur des prostituées.

Les esclaves avaient plus de pouvoir que les autres, parce qu'elles travaillaient dur et étaient indispensables dans les fermes.

Les hommes avaient honte chaque fois que leurs femmes accouchaient d'une fille. Ceux qui avaient déjà beaucoup de filles sacrifiaient leurs nouveau-nées aux idoles.

Muhammad vint au monde dans cette tradition. Son père s'appelait Abdallah. Il mourut peu avant la naissance de Muhammad.

Sa mère avait pour nom Amina. Parce qu'elle ne put l'allaiter, une nourrice s'en chargea. Il avait cinq ans lorsqu'il perdit aussi sa mère.

Son grand-père devint son tuteur. L'homme décéda alors que Muhammad avait neuf ans et le plus âgé de ses oncles hérita de la tutelle. Muhammad l'appelait oncle Tâlib.

Cet oncle Tâlib envoya Muhammad avec un troupeau de chèvres dans les montagnes, de façon qu'il gagne sa pitance. C'est ainsi que Muhammad devint berger.

7

Jahiz, le plus vieux marchand forain de La Mecque

Tâlib, l'oncle et tuteur de Muhammad, était un petit commerçant. Il avait un étal sur le marché du vendredi. Lorsque Muhammad grandit en âge, il n'eut plus à garder les chèvres. L'oncle Tâlib l'employa à son service comme garçon de courses.

Pour en apprendre davantage sur cette période, je rendis visite à Jahiz ibn Ismaïl, le plus vieux marchand forain de La Mecque. Au fil des ans, il était devenu aveugle. Je lui posai la question suivante : « Jahiz, tu as passé toute ta vie sur le marché. Tu y as vu travailler le jeune Muhammad. Peux-tu me raconter ce qu'il faisait, et ce qu'il vendait exactement ?

— Que puis-je te dire à son sujet ? Ça fait déjà si longtemps, répondit Jahiz. Muhammad était un garçon silencieux aux longs cheveux noirs et aux yeux brun foncé. Toute la journée, il se tenait calmement derrière son étal. Si je me souviens bien, voici les articles qu'il vendait : du fromage de chèvre, de la graisse de chameau, quelques petits pots de miel, des grappes de dattes, des bouteilles d'huile d'olive, des figues sèches, des os plats de chameau, des stylets de fer pour écrire sur les os, des branches de menthe séchée, une petite boîte contenant des flacons d'eau de rose, sans oublier des statuettes en pierre représentant les divinités.

« Le jeune Muhammad surveillait tout de son regard tranquille.

« Je me souviens d'un incident avec un vieux commerçant juif à côté de mon étal. Il n'avait pas d'éventaire et était assis à même le sol. Il vendait des bagues en or et en argent, et n'avait pour clients que des femmes. À vrai dire, il faisait le commerce de l'argent. Il consentait des prêts à ces femmes qui lui laissaient en gage leurs bagues, bracelets et colliers.

« "Jahiz !" m'appela Muhammad.

« Il y avait foule sur le marché, je l'entendais mal.

« "Jahiz ! m'appela-t-il à nouveau.

« — Que dis-tu, Muhammad ? lui répondis-je pardessus la foule.

« — Cette femme", cria-t-il en montrant le commerçant juif.

« Je regardai, mais ne remarquai rien de particulier.

« "Oncle Tâlib, appela ensuite Muhammad en se tournant vers son oncle, qui était en train de parler avec deux ou trois marchands quelques étals plus loin.

« — Qu'y a-t-il ?" cria son oncle.

« Muhammad montra à nouveau le commerçant juif. Mais son oncle non plus ne remarqua rien de particulier.

« "Qasim !" criait maintenant Muhammad en direction d'un marchand, plus loin.

« Entre-temps, je finis tout de même par sortir de derrière mon étal pour voir ce qui se passait. Je vis une femme qui serrait la main du commerçant juif tout en suppliant : "Pour l'amour de ton prophète Moïse. Rends-moi ma bague."

« Mais l'homme ne voulait rien savoir, car la femme n'avait pas remboursé à temps les intérêts de son prêt.

« Soudain, Tâlib et Qasim furent là aussi. Face à nous trois, le commerçant juif n'eut d'autre choix que de rendre la bague en or à la femme. Et cela grâce à la vigilance de Muhammad.

— Jahiz, as-tu encore d'autres souvenirs de lui à cette époque ? demandai-je.

— Sur le marché, raconta Jahiz, les poètes prenaient un tabouret et montaient dessus pour y déclamer leurs poèmes. Les gens se rassemblaient en cercle autour d'eux. Lorsqu'ils aimaient un poème, ils leur jetaient des pièces. Les poètes du désert étaient leurs favoris. Ils chantaient le sable, les chevaux, la lune, le glaive, les serpents, le feu, le vin et les femmes du désert, sauvages et éblouissantes. Le plus beau poème de l'année était inscrit sur un parchemin que l'on accrochait au mur gauche de la Kaaba.

« Ils émerveillaient Muhammad. La poésie le fascinait. »

Les propos de Jahiz au sujet du jeune Muhammad concordaient avec l'histoire que j'entendis ensuite de la bouche d'Ibrahim ibn Zahiri, le vendeur de peaux. Cet Ibrahim tenait lui-même ce récit de son père. Voici à peu près ce qu'il me dit : « Le poète du désert Abû al-Rahman déclamait son nouveau poème. Oh, quel poème ! Tout le monde l'admirait, tout le monde lui jetait des pièces. Muhammad, exalté, ôta sa veste neuve en cuir de chameau et la lui jeta, en récompense de ses vers. »

8

Sabir, le quincaillier

Partout, j'ai cherché des gens susceptibles de m'en raconter davantage sur les jeunes années de Muhammad, mais je ne trouvais personne.

Lorsque Jahiz prononça le nom du marchand Qasim, je lui demandai : « Jahiz, qui était Qasim, que vendait-il, où vivait-il ? Est-il toujours en vie ?

— Qasim est mort depuis longtemps, il vendait de la quincaillerie. Il avait sept fils et pas une seule fille. C'est pourquoi il se promenait sur le marché fier comme un chameau au long cou. Va voir son fils aîné, il avait alors le même âge que Muhammad.

— Où puis-je trouver le fils de Qasim ? Sais-tu comment il s'appelle ?

— Je n'ai jamais su retenir les noms. Parfois, j'en oublie jusqu'au mien, répondit Jahiz. D'après moi, ses sept fils font toujours commerce de quincaillerie. Va au bazar de La Mecque ou à celui de Taïf. Prononce le nom de Qasim et le chiffre sept, tu trouveras alors – c'est sûr – un de ses fils. »

Je suivis son conseil, avec succès.

Le fils aîné de Qasim s'appelait Sabir. Il possédait une grande boutique dans le bazar de Taïf et vendait en effet de la quincaillerie. Il avait les cheveux tout gris, mais n'avait pas perdu un pouce de sa taille.

Il me reçut dans la cour intérieure de son magasin, sur un banc, à l'ombre d'un vieil olivier, et fit apporter pour moi un mélange d'eau sucrée et d'eau de rose.

Il s'était attendu à tout de ma visite, sauf à ce que je l'interroge au sujet de Muhammad, de ce lointain passé où, jeune homme, il travaillait sur le marché.

« Sacrée question, dit-il en souriant, et il sortit sa pipe de sa poche. Ça fait très longtemps. Que veux-tu savoir exactement ?

— N'as-tu aucun souvenir de Muhammad ? Quelque chose qui te soit resté en mémoire de cette époque ?

— Il était différent de nous, dit Sabir, et il alluma sa pipe. Nous étions tous des enfants de la rue, mais lui était issu d'un clan estimé. Son grand-père était le gardien de la clé de la Kaaba. Sur le marché, personne ne me connaissait, mais tous les marchands connaissaient Muhammad. Que puis-je te raconter à son sujet que tu ne saches déjà ? Ce dont je me souviens bien, c'est que Muhammad savait toujours un tas de poèmes par cœur.

« Quand il n'y avait pas grand monde sur le marché, et que les marchands se réunissaient pour fumer une pipe ensemble, ils disaient : “Muhammad, récite donc un poème !” Et lui, qui d'habitude ouvrait rarement la bouche, se mettait aussitôt à réciter un poème.

— Te souviens-tu d'un de ces poèmes ? » demandai-je.

Il rit.

« Quelle question ! Moi ? Un poème ? Non. Mais,

d'après moi, Muhammad retenait tous les poèmes déclamés par les poètes sur le marché.

— De quels poètes s'agissait-il ?

— Je ne sais pas. Je ne suis pas amateur de poésie ni de poètes. »

Comme Sabir ne se souvenait d'aucun nom de poète, je recherchai moi-même des œuvres poétiques du poète du désert Abû al-Rahman. Je trouvai un beau poème d'amour.

Djamila !
Les serpents du désert mordorés reculent
Et les noirs scorpions sont privés de leur force
Les oliviers perdent leurs olives noires
Lorsque à pas nus dans le sable chaud, revêtue de ta robe grenade, tu passes devant ma maison.

9

Bahira, le saint prêtre

Lorsque je posais des questions sur l'enfance de Muhammad, on me parlait souvent d'une rencontre entre le jeune Muhammad et le vieux prêtre Bahira.

C'est en fait une histoire qui a été racontée par les partisans de Muhammad et sur laquelle on a un peu brodé çà et là.

Mais les ennemis de Muhammad et en particulier les juifs disent qu'il s'agit d'un mensonge, d'une invention visant à situer Muhammad dans la lignée des anciens prophètes Jésus, Moïse et Ibrahim.

Il se peut que les juifs aient raison, que l'histoire ait été inventée, mais le prêtre Bahira et son monastère n'étaient pas un produit de l'imagination.

Partant à la recherche de ce monastère, je quittai La Mecque au petit matin et chevauchai en direction de la mer Rouge jusqu'à la tombée de la nuit.

En chemin, je rencontrai un vieux caravansérail près d'un grand carrefour, où des commerçants d'autres cités faisaient halte avec leurs chameaux pour vendre leurs marchandises.

C'est là que je passai la nuit.

Plus loin, au pied des montagnes, se trouvait le monastère où avait un jour vécu Bahira.

Les commerçants chrétiens qui à l'époque s'arrêtaient dans ce caravansérail pour la nuit se rendaient toujours ensemble au monastère le lendemain pour admirer Bahira. Ils se rassemblaient devant la porte du bâtiment et attendaient que le prêtre sorte.

Dans le caravansérail, les commerçants me racontèrent que Bahira avait vécu presque toute sa vie dans ce monastère et qu'il ne l'avait pas quitté jusqu'à sa mort. Ils le considéraient comme un saint, qui conservait dans un placard de sa bibliothèque les parchemins originaux des vieux prophètes Ibrahim, Moïse et Jésus. Ils pensaient qu'il avait connaissance des plus anciens secrets.

Bahira était mort depuis longtemps et j'étais maintenant dans ce caravansérail. Au cours de la nuit, je sortis un moment me promener. À l'horizon, j'aperçus les petites lumières du monastère.

Le lendemain, je m'y rendis à cheval au lever du soleil. Depuis la mort de Bahira, presque plus personne ne visitait le monastère. De loin, il semblait vide et abandonné.

Je mis mon cheval à l'écurie et pénétrai dans le bâtiment.

« Il y a quelqu'un ? » criai-je à plusieurs reprises, mais personne ne répondit.

J'avançai.

Une religieuse apparut. Je compris qu'il ne vivait ici que des religieuses et que celle-ci dirigeait le monastère. Elle s'appelait Hadjar et était déjà assez âgée.

Elle croyait que j'étais un commerçant chrétien venu faire un don. C'est pourquoi elle me guida avec la plus grande déférence jusqu'à son bureau. Je posai une bourse remplie de pièces d'argent sur sa table, pris place sur un banc et lui dis : « Sœur Hadjar, je viens en fait pour une autre raison. Je suis en train de recueillir des informations sur la vie de Muhammad. Il existe une histoire à son sujet, selon laquelle il aurait rencontré ici à l'âge de dix ou douze ans le prêtre Bahira. Certains disent que c'est vrai, d'autres que ç'a été inventé pour magnifier Muhammad. Peut-être savez-vous quelque chose à propos de cette rencontre ? »

La sœur Hadjar fourra la bourse dans le tiroir de sa table de travail et répondit, résignée : « Oh, Muhammad ! Nous en parlons ici sans cesse. Et, très souvent, nous nous demandons quoi penser de lui. Heureusement, nous vivons au pied des montagnes, le dos tourné à La Mecque, et ne percevons pas grand-chose de la folie qui y règne. Si le jeune Muhammad a visité un jour notre monastère, naturellement, je n'en ai pas été témoin. À cette époque, j'étais encore une enfant. Mais je suis sûre et certaine qu'il a rencontré Bahira. Personne ne sait comment le garçon s'était retrouvé parmi ces commerçants chrétiens.

« Lorsque Bahira sortait, les gens se pressaient autour de lui pour toucher sa crosse d'or. Ce jour précis, Bahira a aperçu parmi les commerçants un garçon aux boucles noires qui manifestement n'était pas chrétien.

« “Comment t'appelles-tu, mon garçon ? lui a demandé Bahira.

« — Muhammad.

« — De quelle tribu viens-tu ?

« — De la tribu Quraych.

« — Quel est le nom de ton père ?

« — Abdallah.
« — Qui t'a amené ici ?
« — Mon oncle.
« — Comment s'appelle ton oncle ?
« — Tâlib."

« Le prêtre s'est alors arrêté un moment, s'est penché vers Muhammad et lui a soufflé quelque chose à l'oreille.

— Qu'est-ce que ça aurait pu être ? demandai-je.

— Nous n'avons jamais réussi à le savoir, répondit la sœur Hadjar, mais ici, au monastère, on raconte que Bahira a dit par la suite : "Ce garçon était un être à part !" »

Le reste de l'histoire peut se lire dans une version provenant des Arabes.

Bahira fit entrer Muhammad, de même que son oncle Tâlib. Le prêtre parla seul à seul avec Tâlib et compulsa ses vieux parchemins secrets.

Non, le prêtre ne se trompait pas. Muhammad était celui dont la venue était promise. Dans l'un de ces écrits secrets, il était clairement mentionné que le garçon porterait le signe d'un croissant de lune entre les épaules.

Les mains tremblantes, le prêtre et l'oncle relevèrent la chemise de Muhammad et virent en effet, à leur grande surprise, un croissant de lune entre ses épaules.

Bahira bénit Muhammad de sa croix d'or et lui chuchota à l'oreille : « Prends garde à toi. »

Cela constituait pour les Arabes *la* preuve que Muhammad était le successeur de Jésus et qu'il avait sa place dans la lignée des prophètes formée par Salomon, David, Moïse et Ibrahim.

10

Le marchand Waraqa découvre Muhammad

Muhammad continua à travailler chez son oncle jusqu'à ses quinze ans. L'oncle Tâlib lui avait confié la charge entière de l'étal à emplacement fixe qu'il possédait sur le marché. Lui-même transportait chaque jour à dos de chameau ses marchandises jusqu'aux marchés des villages environnants.

Plus tard, lorsque l'étal de son oncle devint trop petit pour lui, Muhammad alla travailler pour d'autres commerçants ayant de grands étals. Il avait dix-sept ans lorsque le marchand Waraqa le découvrit.

Waraqa avait un grand entrepôt où il vendait du matériel agricole aux commerçants : charrues en fer, bêches, houes, clous, corde et pierre à bâtir. De nouveaux outils s'y trouvaient aussi toujours exposés.

Waraqa cherchait quelqu'un de dégourdi pour le seconder. Son beau-frère, qui travaillait sur le marché, lui recommanda Muhammad : « Il ne ménage pas sa peine et est digne de confiance. »

Lorsque Muhammad devint employé chez Waraqa, le marchand vit très vite que celui-ci ne pouvait pas rester boutiquier, que c'était un garçon hors du commun.

Moi, Zayd, je connaissais Waraqa depuis ma plus tendre enfance. J'en expliquerai plus tard la raison.

11

À la recherche de Waraqa

Je trouvai Waraqa dans la cour intérieure de sa grande maison au centre de La Mecque. Assis par terre, il jouait avec ses arrière-petits-enfants à l'ombre d'un vieux dattier, près de la fontaine. J'avais d'abord pris contact avec son fils ; Waraqa savait donc que je venais. C'était devenu un vieil homme faible et sourd. Je devais parler fort pour me faire entendre.

« *Salam*, que la paix soit sur vous, Waraqa ibn Nawfal », lui criai-je.

Il se mit debout péniblement, m'examina de loin et dit : « Zayd ?! Comme tu as changé ! Dans la rue, je ne t'aurais pas reconnu. »

Je l'embrassai, baisai sa main et son épaule gauche, et lui remis un panier de figues fraîches recouvertes de feuilles vertes.

« Merci, Zayd ! Depuis combien de temps déjà ne t'ai-je pas vu ? Un siècle ? Ta moustache est presque grise, mais tu m'as l'air en forme. Tu as le dos droit, la démarche digne d'un chroniqueur de roi perse. Qu'est-ce qui t'amène ?

— Je suis bien sûr venu pour vous rendre visite, mais je dois avouer que je viens aussi parce que j'ai le projet de raconter par écrit la vie de Muhammad. Et vous êtes une part incontournable de celle-ci. »

Waraqa donna le panier de figues aux enfants, prit sa canne et, ensemble, nous nous promenâmes dans son grand jardin, le long des carrés du potager, à l'ombre des arbres.

Après avoir parlé un petit moment de la situation présente à La Mecque, je demandai : « Waraqa, voulez-vous me dire où vous avez rencontré Muhammad pour la première fois ?

— Laisse-moi réfléchir un instant, où était-ce... Ah oui ! Je le voyais régulièrement sur le marché. On le reconnaissait tout de suite, à son comportement différent de celui des autres jeunes. Lorsqu'on discutait avec lui, on remarquait aussitôt son choix de vocabulaire étudié. Je cherchais un assistant pour mon magasin. Mon beau-frère me suggéra de demander à Muhammad. Je m'entretins avec lui et, le lendemain, il vint travailler chez moi.

« Disons-le ainsi : j'avais espéré du fer, mais j'héritais d'or. J'avais besoin d'un commis et j'héritais d'un futur prophète. À mesure que j'apprenais à mieux connaître Muhammad, je me rendais compte que lui recherchait en moi un homme de confiance ou un frère aîné. Il travailla trois ans pour moi, mais je sentais que ce travail ne le satisfaisait pas. Il lui fallait voyager pour se trouver. Et je considérais qu'il était de mon devoir de lui en fournir l'occasion.

« Je le mis en contact avec un ami, un grand commerçant, à qui je conseillai de l'envoyer en voyage commercial. Muhammad se vit confier la responsabilité de sept chameaux chargés de marchandises. Il avait à peine vingt ans et partait pour le voyage de sa vie.

« Quatre années durant, il travailla ainsi pour divers commerçants et devint connu sous le nom de Muhammad le Probe.

— Pourquoi le Probe ?

— Il était intègre et ne trichait jamais avec la caisse. Il menait sa caravane de manière autonome, travaillait dur et avait de la persévérance. C'est pourquoi tous les commerçants le voulaient.

« Zayd, je vais te raconter une belle histoire. Un jour, Muhammad avait rendez-vous avec un grand commerçant. Mais ce dernier avait oublié le rendez-vous et ne vint pas. Lorsque l'homme arriva le lendemain à son magasin, il vit que Muhammad l'attendait toujours. Le commerçant lui offrit une haute fonction.

— Quelle fonction ?

— Celle de *salar*[1]. Plus tard, Muhammad conduisit jusqu'à cent chameaux chargés de marchandises, et des dizaines de gardiens de chameaux, vers des cités lointaines. »

Un nouveau monde s'ouvrait à Muhammad. Les voyages duraient longtemps. Il dormait dans des caravansérails et rencontrait des commerçants de l'Empire perse, d'Égypte, d'Éthiopie et de l'Empire byzantin.

C'est ainsi qu'il connut le Zarathustra des Perses, le Jésus des chrétiens, le Moïse des juifs et les pharaons d'Égypte.

Le grand Empire perse lui ouvrit les yeux. Le pays était immensément riche. À La Mecque, lorsque l'on pensait

1. Caravanier.

aux Perses, on pensait or, jolies femmes, fruits, tapis, rois et reines. Et à leur prophète, Zarathustra.

Comparé à la Perse, notre pays était une contrée arriérée, un bac de sable.

Chaque pays avait connu un jour une phase civilisatrice. Nous non, nous jamais.

Chacune de ces civilisations s'était vu doter un jour d'un Livre. Nous non, nous jamais.

Nous continuions à adorer des dieux de pierre.

La Mecque était une cité vouée à l'extinction. Les esclaves y étaient traités comme du bétail et les femmes y étaient enfermées dans les maisons, comme propriété des hommes.

Muhammad voyageait, il dormait dans les caravansérails perses et discutait des nuits entières avec les commerçants.

Il voyait les différences.

Il réfléchissait.

12

Ibrahim, le modèle de Muhammad

Waraqa n'était pas un commerçant ordinaire. C'était un esprit libre, conscient de la situation sociale pervertie qui régnait à La Mecque.

Il était chrétien. Ou plus précisément : hanif.

Les hanifs représentaient une branche de la chrétienté qui ne suivait pas le dogme de l'Église officielle. Ils estimaient que l'Église avait changé radicalement le contenu de la Bible et l'histoire de Jésus.

Juste à l'époque où Muhammad travaillait pour Waraqa, un mouvement clandestin s'était développé à La Mecque. Un groupe de jeunes hommes se réunissait en secret, certain que l'ère de la glorification des faux dieux était révolue. Ils étaient contre les propriétaires d'esclaves et contre les commerçants corrompus. Ils voulaient améliorer la condition des femmes et des esclaves. Et ils cherchaient une façon de sauver La Mecque du déclin.

Waraqa était un membre actif de ce mouvement.

Plus tard, alors que Muhammad ne travaillait plus pour lui, Waraqa l'emmena une fois à l'une de leurs réunions.

Muhammad fut tout de suite chaleureusement accueilli par tout le monde.

« Il apportait un plus, dit Waraqa, il débattait fermement et était capable d'attirer toute l'attention sur lui. Mais je remarquai peu à peu que l'ennui le gagnait. Il se sentait en décalage par rapport à nous. Peut-être nous trouvait-il trop mous. Nous pensions à une réforme, mais lui parlait de révolution. Il disait que nous devions entrer en action publiquement contre les idoles. Il n'accordait aucune valeur à ces réunions secrètes. Il trouvait que nous devions descendre dans la rue pour parler directement aux gens. Nous ne l'avions pas envisagé un seul instant, ce n'était d'ailleurs pas ce que nous souhaitions. Nous cherchions une solution simple pour la cité de La Mecque, mais Muhammad voyait plus loin.

« À cette époque, je ne le percevais pas encore en lui, car il était jeune, mais d'après moi il cherchait déjà la solution dans le divin. Il n'en parlait pas ouvertement. Peut-être n'en était-il pas encore là. Rétrospectivement, cela m'apparaît avec évidence. Muhammad voulait sauver La Mecque un Livre à la main. Le prophète Ibrahim était son modèle. Ibrahim appartenait aux Arabes, contrairement à Moïse et à Jésus.

« Dans son enfance, Muhammad avait passé des heures chaque jour avec son grand-père dans la Kaaba, où les traces du prophète Ibrahim étaient manifestes.

« La tribu d'Ibrahim elle aussi avait conservé un jour ses idoles dans ce lieu.

« Ibrahim était contre les idoles de son peuple, il voulait les supprimer. Il les avait même une fois mises en pièces à l'aide d'une hache. Ibrahim avait été arrêté et s'était retrouvé sur le bûcher.

« Muhammad songeait à Ibrahim et, à mesure qu'il vieillissait, le désir de mener à bout la tâche inachevée d'Ibrahim se faisait plus ardent. Petit à petit, il se mit à manquer des réunions, puis se retira pour de bon. Mais dans notre groupe, il fit la connaissance de trois hommes sages, qui ont été à ses côtés jusqu'à sa mort : Abû Bakr, Omar et Othman. »

Abû Bakr devint plus tard le successeur direct de Muhammad, et premier calife de l'islam.

Omar succéda à Abû Bakr en tant que deuxième calife, et Othman, après lui, devint le troisième calife.

Waraqa était âgé et il faisait chaud. Il ne pouvait pas rester dehors plus longtemps et avait grand besoin de faire la sieste.

« Puis-je passer ce soir, lorsqu'il fera un peu plus frais ? criai-je dans son oreille sourde.

— D'accord. Viens », fit-il en hochant la tête.

13

Khadija, la première femme de Muhammad

Le marchand Waraqa fut à l'origine d'une autre action qui influença grandement le cours de la vie de Muhammad. Il le mit en contact avec sa vieille et riche cousine, Khadija. C'est ainsi que, extirpant Muhammad d'une flaque, il le jeta dans une rivière.

J'étais très curieux d'entendre l'histoire de la rencontre entre Muhammad et Khadija.

Khadija transforma aussi ma vie. Je n'étais rien ; c'est grâce à elle que je devins quelqu'un.

Moi, Zayd, je ménagerai mon calame quand j'écris à son sujet. Elle était ma patronne, ma maîtresse.

Elle n'était pas ma mère, mais elle aurait pu l'être.

Je pèserai chaque mot dans des balances d'or avant de coucher quoi que ce soit sur le papier à son propos.

La charmante Khadija était la seule puissante femme d'affaires de La Mecque.

C'est elle qui m'avait façonné, la femme qui m'avait un jour acheté en tant qu'esclave et emmené chez elle. C'est elle qui m'a fait tel que je suis à présent.

Pour entendre parler d'elle, je retournai le soir chez Waraqa.

Je fus chaleureusement reçu par son fils. Il nous avait installé un banc contre le mur dans la cour intérieure. Je m'assis à côté de Waraqa.

« Waraqa, parlez-moi de Khadija.

— Ah oui, ma chère cousine Khadija. Tu sais, au fond, ces choses-là, on ne les oublie jamais, mais je suis devenu vieux et j'ai parfois besoin d'un coup de pouce pour démarrer.

— Waraqa, qu'est-ce qui vous a donné l'idée de présenter Muhammad à Khadija ?

— Mon oncle, le père de Khadija, était un éminent commerçant de La Mecque, répondit Waraqa. Il mourut subitement, n'avait pas de fils et c'est pourquoi Khadija, sa fille aînée, reprit l'affaire familiale. C'était à l'époque où Muhammad travaillait comme caravanier pour le compte des grands commerçants.

« Je me dis qu'une personne aussi digne de confiance que Muhammad serait pour Khadija un bras droit fort utile. C'est la raison pour laquelle, dans le temps, j'ai d'abord parlé avec Khadija, puis avec Muhammad.

« Les demeures somptueuses se comptaient alors sur les doigts d'une main à La Mecque – des maisons avec un air de château. L'une d'entre elles appartenait à Khadija. J'emmenai Muhammad et le lui présentai.

— Vous étiez-vous attendu à ce qu'ils se marient ?

— Non, Khadija venait de franchir la quarantaine, elle avait déjà été mariée deux fois et avait quatre enfants. Muhammad était d'au moins quinze ans son cadet et n'avait selon moi encore jamais touché une femme. En outre, Khadija était tout comme moi hanif.

« Non, je ne m'étais pas du tout attendu à ce qu'ils se marient et, d'ailleurs, je réagis d'abord négativement. J'eus un peu l'impression d'avoir été dupé. Je ne fus, du reste, pas le seul à être surpris. Les commerçants en parlèrent avec étonnement lorsqu'ils entendirent la nouvelle. Personne ne le comprit, mais moi si, finalement.

« Je me dis : ce Muhammad arrive à ses fins. Plus tard, il chamboulera le pays. Il avait grandi orphelin, ne possédait aucun bien et voulait débarrasser à lui tout seul et sans armes la Kaaba des idoles. Un homme animé d'une telle ambition avait besoin d'une situation lui assurant autorité et fortune. Khadija lui apportait les deux. Il avait besoin d'une maison prestigieuse, celle de Khadija l'était. Il avait besoin d'un livre déterminant. Khadija lui offrait sa bible hanif. Il avait besoin de chameaux. Elle lui donnait trois mille chameaux et quelques centaines de personnes à son service. Muhammad était analphabète, Khadija lui apprit à lire.

— Waraqa, vous insinuez que Muhammad a épousé Khadija pour réaliser son rêve.

— Tu crois ? Pour être franc, parfois, oui, je le pense, parfois non. Je n'arrive toujours pas à trancher. Un homme de vingt-cinq ans ne peut tout de même pas encore savoir qu'il deviendra plus tard prophète. D'un autre côté, Muhammad pouvait obtenir la main de n'importe quelle jeune femme. Pourquoi choisit-il alors Khadija ? N'est-ce pas en effet pour le pouvoir ? Ou as-tu une autre opinion, Zayd ? »

Au lieu de répondre, je lui posai une question en retour :

« Waraqa, si je ne m'abuse, au début, vous alliez souvent chez Khadija et Muhammad, plus tard, moins. Pourquoi ne pas avoir soutenu Muhammad au début de sa mission ?

— Écoute, Khadija donna son corps, son âme, son or, sa maison, ses chameaux *et* sa foi à Muhammad. J'étais hanif, je restai hanif et je mourrai hanif.

— Je sens de l'amertume dans vos paroles, Waraqa. Muhammad vous a-t-il peut-être blessé ?

— Non, ça non, jamais. Mais pour être avec Muhammad, il fallait se donner à lui entièrement, lui abandonner aussi bien son âme que sa fortune. Il fallait devenir un avec lui. Je ne le fis pas, je ne le voulais pas. »

Un long silence tomba, ne laissant plus aucune place aux mots. Je baisai la main de Waraqa et me levai.

14

Samiha, la fille de Khadija

Muhammad devint le maître de maison. Il prit en main la direction de l'entreprise commerciale familiale, embaucha quelques jeunes hommes d'affaires compétents de sa connaissance et leur donna les moyens de travailler pour lui. La vieille entreprise familiale, en veilleuse depuis un moment déjà, reçut un coup de fouet et se mit à tourner activement.

Je cherchais quelqu'un qui puisse me parler de cette période. Quelqu'un qui avait vécu tout ça de près.

Naturellement, je me rendis chez Samiha, la fille de Khadija, née de son premier mariage.

Samiha avait douze ans lorsque sa mère épousa Muhammad, elle se souvenait encore du moment où le jeune Muhammad pénétra pour la première fois dans la maison.

« Je n'avais encore jamais vu Muhammad, je me suis postée derrière le rideau pour pouvoir l'examiner à mon aise. Il n'était ni grand ni petit. Sa longue chemise laiteuse était flambant neuve, il se tenait droit et portait des chaussures en cuir fermées. Il avait passé de l'huile dans ses cheveux noirs, qui brillaient à la lueur du flambeau lorsque la servante l'accompagna jusqu'à la chambre de ma mère.

Ma mère était gênée et se comportait avec maladresse, parce qu'il était si jeune.

« Le silence régnait sur notre maison, mais Muhammad y ramena la vie. Ma mère se remit à rire et la maison se remplit de monde.

« Deux ou trois soirs par semaine, des hommes venaient manger chez nous, et discutaient ensuite avec Muhammad. Ils mangeaient, buvaient et parlaient à volonté.

« Ma mère tomba presque aussitôt enceinte et accoucha d'un fils. Muhammad était si heureux, il rayonnait de bonheur. Il était si fier de son fils qu'il rentrait parfois trois fois par jour à la maison pour l'admirer un instant. Et, à la surprise générale, ma mère retomba deux fois enceinte et accoucha de deux filles. Ma mère, qui, après deux mariages ratés, avait enterré tout espoir d'une nouvelle vie de famille, marchait désormais en se rengorgeant comme un paon à travers la maison, tandis que les domestiques couraient d'une chambre à l'autre pour prendre soin des enfants.

« Muhammad, qui n'avait jamais connu son propre père et qui ne se souvenait plus de sa mère, était devenu père de famille nombreuse.

« À l'extérieur, il gérait l'entreprise mais, en privé, il nous consacrait toute son attention, à nous, les sept enfants, ma mère et les domestiques. Il était jeune mais non moins capable et sensé, et on se sentait en sécurité sous son aile.

« La fatalité s'abattit d'un coup. Qasim, le fils de Muhammad et de Khadija, tomba malade. Muhammad fit venir tous les médecins de La Mecque à son chevet, mais rien n'y fit et le garçonnet mourut dans les bras de Muhammad.

« Sa mort chassa le bonheur de notre maison, les lumières semblaient éteintes pour de bon, tellement il se mit à faire sombre chez nous.

« Muhammad s'enfonça dans le chagrin. Lui qui trois fois par jour interrompait son travail pour venir jouer avec son fils ne s'occupait désormais plus que de l'entreprise et ne rentrait plus manger à la maison.

« Un jour, ma mère sortit seule. Jamais elle ne sortait seule, elle emmenait toujours ses domestiques. Je me rappelle encore avoir crié : "Mère, où vas-tu ?

« — Je reviens tout de suite", répondit-elle.

« Elle se rendit chez son cousin, le marchand d'esclaves Hakim ibn Hizam. Je ne sais pas exactement ce qui se dit là-bas mais, quand elle rentra, elle était accompagnée. D'un petit garçon d'environ sept ans, pieds nus, les ongles longs et sales et les cheveux en désordre.

« "Qui est-ce, mère ?" demandai-je, étonnée.

« Elle ne répondit pas, appela sa servante et lui ordonna : "Emmène-le, coupe-lui les cheveux, lave-le, coupe-lui les ongles, mets-lui des vêtements propres et garde-le dans ta chambre jusqu'à ce que je t'appelle."

« Tard le soir, lorsque Muhammad fut de retour, ma mère l'arrêta dans la cour intérieure et lui dit : "Ne bouge pas et ferme les yeux. Tu n'as pas le droit de regarder."

« Je vois encore la scène devant moi.

« Muhammad ferma les yeux. Ma mère fit signe à sa servante et se saisit d'un flambeau.

« "Muhammad, tu peux regarder, maintenant", dit ma mère en tenant le flambeau en l'air.

« Cheveux coupés court, dans ses vêtements propres, le petit garçon, intimidé, fixait Muhammad.

« "Qui est-ce ? demanda Muhammad, étonné.

« — Il s'appelle Zayd. Je l'ai acheté pour toi", répondit ma mère en riant.

« Le visage de Muhammad s'éclaira d'un large sourire. Le bonheur revint dans notre maison. Ma mère retomba enceinte deux fois de suite, espérant donner à nouveau un fils à Muhammad, mais elle accoucha de deux filles. Zayd demeura le fils unique de Muhammad. »

Moi, Zayd, je pleurai de bonheur en entendant Samiha raconter cette histoire.

15

Khadija lit la Bible

Grâce à l'histoire de Samiha, je me ressouvins de la première nuit que je passai chez Muhammad et Khadija.

Cette nuit me revint en mémoire dans presque tous ses détails. Depuis que quelqu'un m'avait volé à l'âge de cinq ans dans le bazar de Taïf, j'avais vécu deux années durant comme un chien dans les cages et hangars des marchands d'esclaves. Après que Khadija m'eut acheté à son cousin, j'eus mon propre lit dans la chambre des domestiques.

La première nuit, je n'arrivai pas à dormir, tellement mon lit était moelleux et propre. Tout était différent de ce à quoi j'étais habitué.

Je n'avais encore jamais vu une femme lire un livre ni un homme poser sa tête sur les genoux d'une femme. L'une de ces scènes est restée gravée dans ma mémoire.

Il faisait chaud et le ciel, bleu sombre, était immense. Il semblait bas en raison des nombreuses étoiles. On avait l'impression que celles-ci étaient suspendues au toit de la maison ou que la maison se trouvait perdue au milieu des étoiles. Muhammad était allongé sur un tapis, sa tête sur les genoux de Khadija. Elle lui lisait la Bible à la lumière d'une lanterne posée près d'elle sur une table en bois.

Muhammad l'écoutait calmement, tandis que leur petite fille dormait sur sa poitrine. Je ne savais pas qu'ils venaient de perdre leur fils et qu'ils étaient pour cette raison si affligés. Je ne savais pas non plus que Khadija avait choisi dans sa Bible un passage approprié pour consoler Muhammad, pour lui redonner espoir.

Les mots qu'elle lut ce soir-là se sont nichés dans mon corps. Je ne compris pas alors de quoi il s'agissait mais, plus tard, j'ai cherché dans la Bible et trouvé le passage. Je le lus et eus à nouveau les larmes aux yeux :

> Pharaon donna cet ordre à tout son peuple : « Tout fils qui naîtra, vous le jetterez dans le Nil, mais vous laisserez vivre toute fille ! »
>
> Un homme de la maison de Lévi alla prendre une fille de Lévi. La femme conçut et enfanta un fils. Elle vit qu'il était beau et le cacha trois mois.
>
> Comme elle ne pouvait plus le cacher, elle prit pour lui une arche de papyrus, la calfata de bitume et de poix, y plaça l'enfant et la déposa dans la jonchaie sur le bord du Nil[1].

La lecture de la Bible était devenue une tradition dans la maison. Tous les soirs, après le repas, la servante déroulait un tapis dans la véranda, installait une petite table, mettait dessus la lanterne et posait la Bible à côté.

Khadija faisait la lecture et Muhammad écoutait les yeux clos, s'appuyant sur un grand coussin. Les domestiques se postaient en silence près des fenêtres et écoutaient, eux aussi. Je restais assis dans l'embrasure de la porte, sur le seuil.

1. La Bible, Ancien Testament, t. I, « Bibliothèque de la Pléiade », Exode I, 22 et II, 1-3.

Dans le Coran, Muhammad mentionne peut-être bien cent fois avec fierté qu'il ne savait ni lire ni écrire. C'est en partie vrai.

C'est vrai qu'il ne savait ni lire ni écrire lorsqu'il fit la connaissance de Khadija. Après, il tâcha de maîtriser la lecture et fit des efforts acharnés pour apprendre à écrire.

Il écrivait de la main droite, mais avait une écriture illisible. Comme celle d'un enfant.

Je me souviens encore des leçons de lecture et d'écriture que Khadija nous dispensait, à Muhammad et à moi.

Elle ne pouvait pas forcer Muhammad à faire ses devoirs. Il ne les faisait pas, de toute façon. Moi si, j'étais obligé, sinon je n'avais pas le droit de sortir. Je m'exerçais tant que j'en attrapai des cals aux doigts.

Au bout d'un moment, je sus lire aussi bien que Khadija, mais pour ce qui est de Muhammad, cela ne donna rien. Il lisait très lentement, s'arrêtait longuement à chaque mot. Il ne lisait pas des phrases ou des mots, mais des lettres. Et il est fatigant de lire lettre à lettre. Il avait beau être connu pour sa patience, celle-ci lui manquait lorsqu'il s'agissait de lire un texte jusqu'au bout. Ce n'était pas un lecteur, mais un orateur.

16

Le séjour de Muhammad dans les caravansérails

Les enfants avaient atteint un âge permettant à Khadija d'assumer seule la bonne marche du foyer.

Muhammad avait embauché deux ou trois commerçants chevronnés qui en son absence dirigeaient l'affaire. Ainsi avait-il les coudées franches pour faire de lointains voyages. Il restait parfois absent deux mois. Puis il renvoyait sa caravane chargée de marchandises, mais lui-même séjournait plus longtemps dans un caravansérail de renom situé à la frontière perse. Ce caravansérail se trouvait sur la route de la soie.

C'était l'endroit préféré de Muhammad. Plus tard, lorsque je fus plus âgé et que Muhammad m'emmenait, j'y passai trois semaines en sa compagnie.

Ce fut un événement inoubliable. Des commerçants de tous les coins du monde s'y arrêtaient avec leurs caravanes. C'étaient les commerçants les plus riches, les plus puissants et les plus importants de leur temps : non seulement les vieux hommes d'affaires expérimentés de Yazd, cité natale du prophète perse Zarathustra, mais aussi des commerçants indiens et grecs ayant parcouru une longue route sur leurs chameaux.

Ces marchands ne venaient pas uniquement pour le commerce, ils voulaient voyager, avoir un aperçu du vaste monde. C'étaient les voyages les plus importants de leur vie. De cette manière-là, ils se frottaient aux évolutions de l'époque. Ils rencontraient des gens d'autres cultures et échangeaient leurs expériences.

En dehors des commerçants qui s'arrêtaient dans ce caravansérail, y séjournaient aussi beaucoup d'hommes de science, de poètes, d'astronomes et d'aventuriers. Ils venaient là, se rencontraient et discutaient ensemble. Beaucoup parlaient plusieurs langues, d'autres engageaient sur place un interprète.

Le jour, les marchands se concentraient sur leur commerce. Ils étalaient leurs marchandises sur le sol pour montrer ce qu'ils avaient apporté.

C'était une expérience merveilleuse, cet éventail d'articles que vous n'aviez jamais vus auparavant. De curieuses statues en laiton apportées par les Grecs, un papier à écrire étonnant que les Indiens étaient allés chercher en Chine, des bêches et houes en fer que les artisans byzantins proposaient pour la première fois à la vente. Puis des colliers de perles, des bracelets en or, les tapis des hommes d'affaires perses et toutes sortes d'aromates, de fruits secs et de peaux de bête.

Lorsque le soir tombait et que, dans les tentes, tout le monde avait mangé, venait le temps de nouvelles scènes magiques. Des dizaines de cercles se formaient sur le sol. Des flambeaux brûlaient, du thé frais était servi à la ronde. Les vendeurs de friandises distribuaient des sucreries toutes fraîches et on allumait les pipes.

Dans un cercle, on jouait de la musique, dans un autre

dansaient de belles esclaves. Dans un troisième, on exhibait des serpents et des singes mais, un peu plus loin, du côté calme du caravansérail, les savants philosophaient sur leurs nouvelles conceptions du monde. On discutait aussi des textes de la Bible, de la Torah et de l'Avesta de Zarathustra. Les poètes lisaient leurs poèmes les plus récents et les astronomes dessinaient, en diverses couleurs sur le sol, la voûte céleste en fonction de leurs dernières constatations.

S'il n'avait tenu qu'à Muhammad, il ne serait jamais plus rentré chez lui.

Il écoutait avec curiosité les hommes de science et les astronomes, et discutait des textes des anciens prophètes. Il se délectait des lectures des poètes.

Une fois de retour, il n'échappait pas à quelques jours de dispute. « Où étais-tu, Muhammad ? criait Khadija. Tu n'as peut-être plus besoin de nous ? Ou as-tu par hasard oublié que tu as aussi – tiens donc – encore une femme et des enfants ? Ou bien penses-tu : de toute façon, ce n'est pas mon entreprise, c'est celle de la famille de ma femme ? »

Puis le calme revenait. Muhammad se rendait à son travail et rentrait à l'heure à la maison, mais on sentait que quelque chose en lui avait changé. Il se faisait plus silencieux, ses yeux avaient gagné en profondeur. Il était devenu maigre et on voyait les rides se creuser sur son visage.

« Muhammad, à quoi penses-tu ? » entendais-je souvent Khadija lui demander.

Il ne répondait pas. C'était comme si on jetait une pierre dans un lac étale.

17

Les lustres de la vie de Muhammad

Samiha, la fille de Khadija, s'était entre-temps mariée, mais elle venait régulièrement à la maison. Elle s'entendait bien avec sa mère.

« Parfois, je me disais que ma mère s'était encore une fois trompée en épousant cet homme, me raconta Samiha. Les affaires marchaient bien, c'était la fête à la maison, mais soudain il se mit à faire ces longs voyages. Ma mère était triste et pensait que Muhammad ne voulait plus d'elle. Elle a toujours eu peur de le perdre, qu'il l'abandonne pour une femme plus jeune. Elle venait pleurer dans mes bras, elle était sûre, disait-elle, que Muhammad partageait la couche d'autres femmes.

« Je la croyais, car elle avait désormais près de cinquante ans et Muhammad était justement dans la fleur de l'âge. Ma mère parlait avec lui, lui demandait s'il y avait d'autres femmes, mais il démentait toujours formellement.

« Ma pauvre mère n'a jamais eu de chance avec les hommes. Muhammad était bon, mais il ne lui accordait aucun répit. Les problèmes qu'il causait n'avaient rien à voir avec ceux soulevés par d'autres hommes.

« Muhammad ne pouvait être l'époux de personne et n'était pas fait pour ma mère.

« Celle-ci dit plus tard que tous les lustres une nouvelle phase commençait dans la vie de Muhammad.

« Le Muhammad qui partait pour de grands voyages, s'absentait longtemps et poussait ma mère au désespoir cessa ses pérégrinations au bout de cinq ans. Il se calma, se rendit à temps à son travail et rentra à temps à la maison. Il était devenu silencieux. Extrêmement silencieux. Il était souvent plongé dans ses pensées et sa barbe se mit à grisonner.

« Il rendait plus fréquemment visite à ses vieux compagnons et conversait jusque tard dans la nuit avec Abû Bakr, Omar et Othman.

« Et des livres firent leur apparition. Muhammad apporta un grand livre dont Khadija lui lisait chaque soir un passage. Les livres ramenaient Muhammad à ma mère et je remarquai que celle-ci avait retrouvé sa joie de vivre. Ainsi, elle avait parfois Muhammad toute la nuit auprès d'elle.

« Au bout d'un nouveau lustre, il commença à gravir les montagnes. Et, de temps à autre, il y passait la nuit.

« "Mère, laisse-le, il ne t'appartiendra jamais entièrement", lui disais-je. »

18

Muhammad et la grotte du mont Hira

À l'extérieur de La Mecque s'étendait une chaîne de montagnes dont les flancs, quand le soleil brillait, se paraient de couleurs vives, mordorées. En hiver, ils paraissaient noirs.

C'étaient de grands rochers durs, où ne poussait pas le moindre brin d'herbe. Pour cette raison, il n'y avait aucun sentier. C'était à vrai dire le domaine des serpents, des salamandres et des grandes sauterelles couleur ocre.

Sur l'autre versant de ces montagnes, qui se trouvait à l'ombre l'après-midi, poussaient de nombreuses plantes épineuses. Au printemps, les bergers y menaient leurs troupeaux pour leur faire paître la verdure toute neuve.

Les montagnes n'avaient pas grand-chose à offrir, mais il y avait une grotte, aujourd'hui considérée comme un monument divin : la grotte du mont Hira.

Le mont Hira est devenu une part indissociable de la vie de Muhammad et a reçu une vraie place dans le Coran. C'est l'endroit où Muhammad a rencontré pour la première fois l'ange Gabriel, l'envoyé d'Allah.

Cinq années durant, de ses trente-cinq à ses quarante ans, Muhammad gravit régulièrement le mont Hira.

Il était peut-être plus souvent à la maison mais, en même temps, à nouveau, sans y être ; il avait l'esprit ailleurs.

Il se rendait à son travail mais sa présence se remarquait à peine. Il allait dans son bureau, fermait la porte et se cloîtrait.

Khadija se faisait du souci tant à propos de Muhammad que pour les affaires. C'est pourquoi elle essayait de m'impliquer davantage dans l'entreprise. Elle m'envoyait prendre rendez-vous avec des hommes d'affaires. Lorsque Muhammad ne se rendait pas à son travail, elle allait elle-même s'asseoir à son bureau, avec moi pour bras droit.

« Nous ne pouvons plus compter sur Muhammad », me disait Khadija.

C'était aussi le grief des marchands. Il arrivait de plus en plus souvent à Muhammad de manquer à ses engagements, il ne livrait pas les marchandises en temps et en heure et ne réceptionnait pas celles qu'il avait lui-même commandées.

Muhammad cherchait son salut dans une grotte du mont Hira.

Il partait sans prévenir et sans nous dire non plus quand il serait de retour. Au début, il s'en allait l'après-midi pour ne rentrer que tard dans la nuit. Puis il disparaissait parfois pour deux ou trois nuits.

Un jour, Khadija me dit : « Zayd, nous sommes en train de perdre Muhammad, tu es maintenant le maître de maison. Sois bien attentif à tout, ouvre tes yeux et tes oreilles. Sous peu, une fois adulte, il te faudra prendre en main l'entreprise familiale. »

Ce n'était pas pour tout de suite. En outre, je me sentais plus proche de Muhammad que d'elle. Je me serais jeté au feu pour Muhammad, j'étais son fils, j'étais son ombre, j'étais devenu un prolongement de lui-même.

Jeune, je ne m'en rendais pas compte. Plus tard, si, et cela venait de la personnalité de Muhammad.

« Puis-je aller le trouver dans les montagnes ? Peut-être a-t-il besoin de notre aide ? » demandai-je un soir.

Cela faisait deux ou trois nuits que Muhammad n'était pas rentré et Khadija s'inquiétait.

« Oui, d'accord, Zayd. Mais il fait noir, tu ne verras rien dans les montagnes.

— La lune brille. La nuit est claire, je peux tout voir », répondis-je.

Je fourrai du pain, des fruits, des dattes et de l'eau dans les sacoches d'un mulet et me mis en route.

Le mulet ne pouvant monter très haut, je l'attachai par la bride et continuai à grimper, en direction du sommet.

La grotte se trouvait dans un endroit difficile d'accès : tel un bouc, je devais escalader la paroi en regardant bien où je mettais les pieds. La lune trônait au milieu du firmament, un firmament si bas en raison des innombrables étoiles et un silence si grand qu'on n'osait pas bouger, de peur qu'une pierre sous nos pieds ne se mette à rouler avec fracas. Enfin, j'atteignis la grotte. C'était une brèche dans un énorme rocher brun.

J'appelai doucement : « Muhammad ? »

Mais je n'eus pas de réponse.

« Muhammad ? » appelai-je de nouveau.

De nouveau, pas de réponse.

Prudemment, je me glissai à l'intérieur de la grotte. Il y brûlait une petite lanterne mais je ne vis personne. La grotte était exiguë. Juste trop basse pour qu'on puisse se tenir debout. Il fallait courber un peu la tête mais il y avait assez de place au sol pour s'asseoir à deux. Il y avait par terre un petit tapis, et des livres, un calame et quelques écrits sur parchemin.

Je m'agenouillai aussitôt pour en lire un mais c'était illisible, comme une écriture secrète. Je feuilletai en vitesse les livres. La Bible, la Torah, les histoires des peuples anciens, la doctrine d'un prophète perse et deux ou trois ouvrages sur les cieux. Ces livres appartenaient-ils à Muhammad ?

Je posai par terre le sac que je portais encore sur le dos et sortis.

« Muhammad ? Où es-tu, Muhammad ? »

Je continuai à gravir la montagne.

Au sommet se détacha la silhouette d'un homme qui contemplait le ciel en silence.

« Muhammad, c'est toi ? »

19

Sayyid, le gérant de Muhammad

La seule personne pouvant m'éclairer davantage sur cette période était Sayyid, une vieille relation d'affaires de Muhammad.

Ils se connaissaient d'avant, alors qu'ils travaillaient comme caravaniers pour le même commerçant.

Lorsque Muhammad épousa Khadija et prit les rênes de son entreprise familiale, il convainquit Sayyid de venir travailler pour lui.

Sayyid progressa au sein de l'entreprise de Muhammad jusqu'à en devenir le gérant. Lorsque Muhammad partait loin et s'absentait pour longtemps, c'était Sayyid qui s'occupait de tout. Et lorsque Muhammad se rendit plus souvent dans les montagnes, Khadija chargea Sayyid de reprendre la direction administrative de la société.

Je n'avais plus revu Sayyid depuis ma jeunesse. Je ne savais pas s'il vivait encore, mais il n'était pas difficile de retrouver sa trace ; les vieux hommes d'affaires le connaissaient tous. C'est pourquoi j'allai dans le vieux bazar de La Mecque.

Là-bas, tout avait changé : des commerçants que je

connaissais, il n'en restait plus un seul. Et dans la partie où Muhammad avait eu un jour son bureau se trouvaient maintenant de jeunes commerçants qui ne savaient rien de cette époque.

Brusquement j'eus un coup de pouce du destin. J'aperçus l'homme qui, dans le temps, un pot dans le dos, distribuait du thé dans le bazar. Ses traits n'avaient pas changé, mais il était devenu vieux et voûté.

« *Salam alaykoum*. Me reconnaissez-vous ? »

Non, il ne me reconnaissait pas.

« Je suis Zayd, le fils de Muhammad, qui travaillait ici autrefois. »

L'homme sourit, mais manifestement il ne retrouvait rien du Zayd de quinze ans dans mon visage.

Je glissai une pièce d'argent dans sa main et lui dis : « Je cherche Sayyid, qui travaillait ici pour Muhammad. Je veux savoir s'il vit encore. Je t'attends dans cette taverne. Si tu le trouves, je te donnerai encore deux pièces d'argent. »

Cela dura longtemps. Je mangeai un bout, bus deux ou trois tasses de thé et commandai un narguilé. Au moment même où je commençais à m'assoupir, l'homme resurgit.

« Alors ?

— Il vit toujours. Il travaille dans le magasin de son petit-fils.

— Quel genre de magasin ?

— Un magasin de friandises, à l'autre bout du bazar, juste à l'entrée, au coin. »

Je suivis l'ancien vendeur de thé à travers le bazar grouillant de monde. Dans le magasin en question, il y avait de nombreux clients. L'odeur des friandises vous atteignait déjà de loin. Rien que des sucreries arabes : biscuits et bonbons, figues, dattes et raisins secs.

« Où est-il ?

— Tout au fond du magasin, en train de travailler », répondit le vendeur de thé.

Je lui donnai les deux pièces d'argent promises.

En effet, Sayyid était en train de préparer de la pâte. Malgré son âge avancé, il avait l'air en forme et travaillait vite. Je posai ma main sur son épaule, me penchai et dis à voix basse : « *Salam alaykoum.* Je suis Zayd, le fils de Muhammad. »

Ses mains cessèrent de s'activer. De ses mauvais yeux, il me regarda fixement : « Zayd ? Zayd ibn Muhammad ? »

Il se mit debout et m'embrassa de ses mains grasses où restaient encore collés des morceaux de pâte.

« Il y a beaucoup de monde ici, allons dehors », dit-il, et nous partîmes en quête d'un salon de thé avec jardin.

« Zayd ! Comment m'as-tu trouvé ?

— Avec des pièces d'argent, répondis-je en riant.

— Pourquoi songeais-tu à moi ? »

Je lui racontai ce que je faisais et que j'allais voir les gens qui avaient connu Muhammad.

« Sayyid, parle-moi des années où Muhammad se rendit plus souvent dans les montagnes et te laissa les rênes de l'entreprise.

— Ta question me prend au dépourvu en me renvoyant ainsi dans le passé. Bois ton thé, Zayd. Donne-moi le temps de réfléchir. Je suis un peu déçu par Muhammad.

— Comment ça, déçu ?

— Il est devenu le dirigeant du pays, dit Sayyid. Il est devenu presque roi. Jamais il n'a envoyé quelqu'un pour prendre de mes nouvelles. Alors que nous étions amis et que j'avais travaillé pour lui pendant des années.

— Sayyid, mets-toi à la place de Muhammad. Sa tâche était si grande et tout allait si vite qu'il n'avait même pas de temps à consacrer à ses propres enfants.

— Je comprends. Muhammad et moi étions collègues, mais aussi bons amis d'affaires, dit Sayyid. C'était un homme noble. Plus un dirigeant qu'un homme d'affaires. Il savait organiser. Marquer les choses de son empreinte et atteindre ses objectifs. Muhammad prenait plaisir à faire bouger les choses dans l'entreprise familiale de Khadija. Il engagea les bonnes personnes, envoya de grandes caravanes à travers le monde et structura l'entreprise. Mais il n'était pas homme à vendre des aromates ou à troquer des peaux de chameau contre de l'argent. Il voulait étendre le champ de ses connaissances, explorer le monde. Il pensait à vrai dire à l'avenir de La Mecque. En découvrant d'autres cultures, il comprenait mieux combien La Mecque était au bord du gouffre.

« En rentrant de l'un de ses lointains voyages, il me dit : "Le monde évolue, mais pas nous. Dans les pays voisins, les gens parlent honorablement de leurs femmes, alors que nous avons honte des nôtres et que nous tuons nos nouveau-nées. Dans les pays civilisés, les enfants sont traités avec amour, mais nous les fourrons comme des chiens dans des cages et les vendons au marché. Tous nos voisins ont eu un prophète et un Livre, mais nous n'avons ni l'un ni l'autre."

— Sayyid, peux-tu me dire pourquoi il s'est soudain retiré de la vie quotidienne et est allé dans cette grotte ?

— Écoute, il était normal à l'époque de séjourner quelque temps dans les montagnes pour méditer en silence. Les savants, astronomes et philosophes le faisaient aussi.

— Pour une courte période, dis-je. Muhammad a tenu cinq ans. Parfois il restait plusieurs semaines d'affilée dans cette grotte. Je lui apportais à boire et à manger lorsqu'il s'absentait longtemps.

— Je sais. Khadija passait me voir, inquiète, elle pensait que Muhammad était devenu fou. Pour être franc, je le pensais aussi. Il n'avait plus goût au travail. Quand il venait au bureau, il s'intéressait davantage aux livres qu'il avait rapportés de ses voyages.

— Ces livres, je les ai vus dans la grotte, mais il ne savait pas bien lire. Qu'en faisait-il alors ? »

Sayyid sourit.

« Il savait lire, mais très lentement. Il prenait tout le temps nécessaire dans les montagnes. D'après moi, il lisait ces livres mot à mot. Sais-tu quand j'ai vraiment commencé à me faire du souci ? Parfois il me disait qu'il entendait des voix. Qu'il entendait quelqu'un lui dire : "Muhammad !" et qu'il ne voyait personne. Lorsqu'il était dans la grotte, cette voix se faisait aussi entendre : "Muhammad ! *Qum fa-anzir !* Muhammad, lève-toi !"

« Il allait dehors et ne voyait personne.

« Il me disait : "Tous nos voisins croient en un seul Dieu. Je crois aussi qu'il y a un seul Créateur. Que je regarde la mer, je Le vois. Que je regarde les montagnes, je Le vois. Que je regarde les prairies, je Le vois. Où que je regarde, je Le vois, ce Seul et Unique. Mais je ne comprends pas pourquoi les autres ne Le voient pas. Pourquoi les gens ne réfléchissent-ils pas ? Pourquoi ne se demandent-ils pas qui a créé les cieux, les mers, les montagnes, les abeilles et les femmes ? Qui fait tomber l'eau du ciel ? Il doit bien y avoir quelqu'un. Un seul Dieu, le Dieu qui a envoyé Moïse, le Dieu qui a envoyé Jésus, le Dieu qui a envoyé Ibrahim. Il y a un seul Créateur. Il est Un et rien n'existe que ce Seul et Unique : *La ilaha illa Allah.*"

— Sayyid, tu as dit que Muhammad se plaignait de ces voix.

— Non, je n'ai pas dit ça. Il ne s'en plaignait pas. Il les entendait vraiment. Il croyait que quelqu'un d'en haut essayait d'entrer en contact avec lui. Il attendait que ça arrive, c'est pourquoi il s'asseyait au sommet de cette montagne. Il attendait ! »

20

Abû Naïm

Après ma visite à Sayyid, je pris un peu de pain, des dattes et de l'eau, et me rendis à pied au mont Hira. Je voulais passer une nuit dans cette grotte comme Muhammad.

Au fur et à mesure que je m'éloignais de La Mecque et que je me rapprochais des montagnes, j'avais une meilleure vue sur la cité. Au début, j'en entendais encore les bruits, puis ils cessèrent. Maintenant j'étais seul à être sur les chemins, à l'extérieur des murs de la cité.

En début de soirée, je commençai l'ascension.

La nuit, le mont Hira se nimbait d'un halo merveilleux. Durant l'ascension, vous vous trouviez entouré d'une couleur bleu foncé, infinie, parsemée d'étoiles qui vous lançaient des clins d'œil, sans oublier le clair de lune.

La montagne est pour une grande part aisément praticable, mais les trois derniers hauts rochers avant d'arriver au sommet sont difficiles. Il faut savoir exactement quel côté prendre.

Dans la grotte, j'allumai une bougie. Les araignées y avaient tissé de nombreuses toiles et le sol était jonché de plumes d'oiseaux. Je balayai par terre et m'assis.

J'essayai de lire un livre que j'avais apporté, mais je n'arrivais pas à me concentrer. La montagne et la nuit me tenaient sous leur emprise.

C'est ici que Muhammad avait passé tant de nuits cinq ans durant et c'est ici qu'il avait entendu des voix.

Il ne pouvait en être autrement. Dans cette grotte, tout le monde entendrait des voix.

Au bout d'un moment, j'éteignis la bougie et m'étendis sur le côté. Je glissai mes mains sous ma tête en guise d'oreiller.

Quelques souvenirs épars de mon enfance me vinrent à l'esprit, puis peu à peu je me fondis dans la nuit et me sentis évoluer avec les étoiles dans l'univers.

« Zayd ! dit une voix. Nous t'avons vu. »

Mes yeux se remplirent de larmes lorsque je songeai à la solitude de Muhammad au cours de toutes ces années. Il voulait sauver seul son peuple du déclin et cherchait l'aide des cieux.

J'inspirai profondément par le nez, comme si j'allais pouvoir sentir son odeur.

Celle-ci s'était dissipée, mais il y avait encore des traces de la fumée de sa lanterne alimentée à l'huile d'olive dans les fentes entre les pierres au-dessus de ma tête.

Je ne pouvais supporter plus longtemps d'être dans la grotte. Je sortis et poursuivis mon ascension. Lorsque j'atteignis le sommet, je vis de l'autre côté quelque chose à quoi je ne m'étais pas attendu, quelque chose qui me fit du bien. Je vis des dizaines de troupeaux de bêtes qui, dispersés sur les pentes, reposaient dans l'obscurité, et des feux de bois autour desquels se tenaient des bergers.

Il n'y avait pas un bruit, pas un mouvement, et c'était

comme si les troupeaux, les bergers et leur feu étaient un prolongement des cieux.

Muhammad avait vécu cela chaque nuit.

Dans son enfance, il avait passé un certain nombre d'années en tant que berger dans les montagnes.

Il a dû avoir des contacts avec eux. Il leur aura demandé du lait, a sûrement partagé leurs repas.

J'allai de troupeau en troupeau pour parler avec les bergers. Ils étaient tous jeunes, ne savaient rien de la période où Muhammad séjournait dans la grotte. Ils m'orientèrent vers quelques anciens. Au lever du jour, je rentrai à La Mecque.

Le lendemain soir, je partis à la recherche des bergers d'antan, mais ils étaient morts ou gâteux, ou radotaient. L'ardent soleil avait au fil des ans affecté leur mémoire. Leurs souvenirs étaient telle une grappe de dattes séchées, sauf pour un vieil homme, que je trouvai sur son lit de mort. Il s'appelait Abû Naïm et prétendait avoir souvent vu Muhammad dans les montagnes.

Je m'agenouillai à son chevet et, tenant sa main dans les miennes, j'approchai mon oreille de sa bouche.

« La nuit, je le rencontrais souvent dans les montagnes. Il dormait dans cette petite grotte. Parfois, je causais un peu avec lui en passant. Puis je lui demandais s'il avait besoin de quelque chose. Tous les bergers le connaissaient.

— Avez-vous eu l'occasion de voir ce qu'il faisait dans cette grotte ? »

Le vieil homme ferma les yeux et réfléchit un instant.

« Un soir, je l'ai vu étendu là. La grotte était petite. Il était couché sur le dos, les pieds contre la paroi, les bras repliés sous la tête. »

Abû Naïm était très faible, il ne pouvait pas parler longtemps. Je mis un morceau de sucre dans un petit verre de thé et l'aidai à en avaler une gorgée.

« Que pouvez-vous me raconter d'autre au sujet de Muhammad ?

— Au cœur de la nuit, il faisait souvent une promenade. Il allait alors discuter avec les bergers. Parfois, il s'asseyait comme un loup au sommet de la montagne. Nous apercevions sa silhouette de loin. C'était pour nous une image familière. Nous ne comprenions pas pourquoi il faisait cela mais, jadis, nous en voyions souvent, des gens qui faisaient de même. C'étaient des savants.

— Était-il toujours seul ou recevait-il des visites ?

— Je ne l'ai jamais vu en compagnie de personne. Il venait seulement de temps à autre s'asseoir auprès de nous. Nous restions plusieurs mois là-haut, il nous apportait parfois des fruits frais quand il arrivait de la cité. Et nous lui donnions du lait, du yaourt ou du fromage que nous fabriquions nous-mêmes. »

Je ne pouvais pas importuner Abû Naïm plus longtemps. Je glissai deux pièces d'or dans sa paume. Je savais que je faisais ainsi de lui un homme heureux car, à sa mort prochaine, il aurait quelque chose à laisser en héritage.

21

Le Créateur des oliviers

Je ne cherchai plus d'autre berger. Je savais ce qui avait occupé Muhammad.

J'étais chroniqueur ; mon propre calame suffisait à me justifier.

Personne ne pouvait mieux m'aider que Muhammad lui-même et la meilleure des sources était son Coran.

Le Coran est composé de cent quatorze sourates dont chaque titre témoigne d'un thème qui réclama son attention.

À tout hasard, je notai les thèmes dont il avait parlé en public : La vache. Les peuples anciens tels les Ad et les Thamud. Les anciens prophètes Moïse, Noé et Ibrahim. Les femmes. La table servie. Les troupeaux. Le tonnerre. Les abeilles. Marie. La lumière. Les fourmis. L'araignée. Les Romains. L'ornement. Le paradis. L'enfer. L'étoile. Les montagnes. La lune. Allah. Le fer. Le calame. L'homme. Les anges qui arrachent les âmes. L'astre nocturne. Le soleil. Le miel. Le figuier. La semence. Le tremblement de terre. Les vaisseaux. Les oliviers. L'aurore.

Il devait bien exister un Créateur de toutes ces merveilles.

Quelqu'un qui a créé l'homme d'une goutte de sperme.

Qui a dompté le soleil et la lune.

Qui a doté la mer de poissons et de joyaux.

Qui veille à ce que les vaisseaux chargés à plein ne sombrent pas, mais sachent en flottant se frayer un chemin sur l'eau.

Qui à coups de marteau a fixé les montagnes dans la terre comme de gigantesques piliers afin qu'elle ne branle pas.

Il écrivit :

Par les coursiers rapides et haletants !
Ceux qui font jaillir des étincelles ;
ceux qui surgissent à l'aube ;
ceux qui font voler la poussière ;
ceux qui ensemble percent les rangs.
En vérité, il se produit quelque chose de grand, de mystérieux.

Fasciné, il regarda son calame et fredonna :

Noun walqalam wa ma yastaroun :
Par le calame et par ce qu'ils écrivent !
Il doit bien exister un Créateur à l'origine de cette merveille.

Partout il voyait l'empreinte du Créateur, mais pourquoi le Créateur ne voyait-Il pas Muhammad ?

Dans sa grotte il attendait un signe de Sa part. Il pensait être un élu. Différent de tous les autres. Il sentait qu'il recevrait une mission d'en haut. Il entrevoyait presque qui du ciel menait le monde.

Mais personne là-haut ne voyait Muhammad et personne ne se manifestait à lui.

Il se mit à douter, commença à se dire qu'il s'était trompé.

22

Gabriel, l'envoyé d'Allah

Si Allah, le Créateur de l'homme, des ânes, des abeilles, des fourmis, des pommes et des dattes, cherchait Muhammad, il Lui fallait se dépêcher. Car Muhammad venait de franchir la quarantaine et était dans la force de l'âge.

Le doute avait fait son œuvre, l'avait rongé de l'intérieur. Muhammad était maigre et pâle, et perdait l'appétit. Il n'était pas un prophète, pas un élu, sinon les habitants éminents du ciel l'auraient remarqué depuis longtemps. Il était tellement rempli de bonnes intentions pour changer La Mecque, mais tout ça était vain. La force qui l'habitait pour conduire les hommes sur le droit chemin se consumait.

Le Créateur repoussait Muhammad. Il n'était vraisemblablement pas à la hauteur d'une telle mission. Il n'avait pas les qualités adéquates que possédaient en revanche les anciens prophètes tels Ibrahim, David, Moïse et Jésus.

Qui était Muhammad ? Un orphelin dont personne ne voulait. Un analphabète qui vivait chez sa femme.

Muhammad n'était personne, un paumé qui avait mené l'entreprise de sa femme au bord du précipice.

Je me souviens encore de la dernière dispute entre Muhammad et Khadija, qui changea leur vie pour toujours.

« Muhammad, ce n'est pas une vie pour toi, ni pour moi. Combien de temps veux-tu encore rester dans cette grotte ? Jusqu'à avoir la barbe grise et longue jusqu'aux genoux ? »

Il ne répondit rien, baissa les yeux.

« Attendre ? Combien de temps veux-tu encore attendre ? Tu as quatre filles. Si tu continues comme ça, personne ne viendra demander leur main. Qui est leur père ? Un fou dans les montagnes ? »

Il ne répondit rien, prit son manteau, se précipita audehors et alla se réfugier à nouveau dans les montagnes.

Moi, Zayd, je n'ai pu trouver personne qui sache ce qui s'est passé cette nuit-là sur le mont Hira.

Je suis un chroniqueur, c'est pourquoi je ne dois pas faire appel à mon imagination mais m'en tenir aux faits.

Le grand poète Zeinolabedin Rahnema a décrit cette nuit dans un long poème magistral. J'emprunte ses mots :

> C'était un lundi du mois d'*Ahoud*, la dix-septième nuit. La lune berçait la terre de sa douce clarté, apportant le calme. Une légère brise soufflait. Certaines montagnes se trouvaient plongées dans l'obscurité tandis que d'autres avaient revêtu la couleur mordorée de la robe du chameau. Le mont Hira paraissait plus grand et plus haut. Il semblait se perdre au firmament, parmi les étoiles, et chaque pierre avait l'air de tendre l'oreille à l'affût du moindre bruit. En haut de la montagne marchait un homme ; c'était Muhammad qui grimpait vers le sommet,

au clair de lune. Plus il montait, plus le silence se faisait impressionnant. Arrivé au sommet, il regarda en direction de La Mecque, trou noir dans le lointain. La Mecque où étaient perpétrés des crimes, d'où montaient les pleurs des nouveau-nées assassinées et le halètement des esclaves qui continuaient à travailler dans l'obscurité. Il distinguait à présent les grands flambeaux qui brûlaient devant la Kaaba. Oh ! quel dommage qu'il ne puisse rien changer dans cette cité.

Il regarda vers l'autre versant, vers les troupeaux paisibles, les bergers endormis, les feux dont on apercevait encore les braises. Sinon pas un mouvement n'était perceptible. Il resta immobile. On pouvait entendre battre son cœur. Et ses courtes respirations. Soudain une lumière apparut tel un astre lointain. La lumière grandit tout en se rapprochant. Elle couvrit toute la surface du ciel et descendit. Embrassant les montagnes, elle enveloppait à présent aussi Muhammad. Celui-ci sursauta comme une colombe apeurée. Il était agité de tremblements. Il fut inondé d'une sueur froide et la lumière s'empara de lui. Il crut que l'heure de sa mort était venue, car sa tête se mit à tourner et ses oreilles à bourdonner. Une voix dit : « Muhammad ! Muhammad ! Muhammad ! Muhammad !

— Qui parle ? murmura Muhammad.

— L'ange Gabriel, répondit la voix.

— Gabriel ? interrogea Muhammad d'un ton mal assuré.

— L'ange Gabriel », répéta la voix.

Une main surgit du milieu de la lumière et tendit un écrit à Muhammad : « *Iqra Muhammad !* Lis, Muhammad !

— Je ne peux pas, dit Muhammad, hésitant.

— *Iqra Muhammad ! Iqra !* insista la voix.

— Je ne peux pas », répéta Muhammad.

L'ange le prit par les épaules, le secoua comme un prunier et dit : « *Iqra Muhammad !* »

D'une voix incertaine, Muhammad se mit à lire :

« *Iqra bismi rabbika alladhi khalaqa...*
Lis au nom d'Allah qui a créé !
Il a créé l'homme d'un caillot de sang.
Lis !...
Car ton Seigneur est le Très-Généreux
Qui a instruit l'homme au moyen du calame,
Et lui a enseigné ce qu'il ignorait. »

Aussitôt que Muhammad eut lu le texte, l'ange disparut comme s'il n'avait jamais été là. Muhammad regarda le ciel, impuissant.

Puis il descendit de la montagne en trébuchant[1].

1. Il existe une traduction française du passage auquel Kader Abdolah fait référence : Zeinolabedin Rahnema, *Le Prophète*, t. I, Actes Sud, 2008, p. 239-241. Mais la version de Kader Abdolah étant assez différente, nous avons choisi de traduire le passage tel qu'il est cité dans le texte néerlandais.

23

L'ange dans la chambre

C'était tard dans la nuit, presque le matin. J'entendis dans mon sommeil la porte de la rue. Moi qui attendais toujours Muhammad, moi qui étais toujours le premier à entendre ses pas, moi qui chaque nuit lorsqu'il rentrait le conduisais dans sa chambre, je compris aussitôt qu'il y avait quelque chose d'inhabituel. La chaîne à la porte ne fit pas le bruit auquel j'étais accoutumé, les pas de Muhammad ne résonnaient pas comme à l'ordinaire.

Il s'était produit quelque chose d'essentiel et il m'était donné d'être le premier à le sentir, à le comprendre. Immédiatement, je pris une couverture et courus vers la porte.

J'aperçus Muhammad dans l'obscurité du corridor, il trébuchait. Je posai la couverture sur ses épaules.

Khadija apparut, pieds nus.

« Qu'y a-t-il, Muhammad ? » lui dit-elle, en le menant dans leur chambre à coucher.

Je pris un flambeau et en éclairai le visage de Muhammad. Maintenant j'en étais sûr.

« Que t'est-il arrivé, Muhammad ? lui demanda Khadija, inquiète.

— Je... je... ils... ils... ils m'ont visité. »

Stupéfaite, Khadija lâcha le bras de Muhammad.

« Qu'as-tu dit ?

— Ils... il... il tenait un écrit.

— Qui tenait un écrit ?

— Je devais le lire. Je l'ai lu... *Iqra bismi rabbika alladhi khalaqa galaq.* »

Pleurant, Khadija emmena son mari dans leur chambre.

« Viens, mon amour. Ça va aller », lui dit-elle.

Moi non plus, je ne pus retenir mes larmes.

Khadija pleurait face à l'état de confusion de son mari, mais moi, je pleurais de joie.

Et je demeurai, flambeau à la main, sous la véranda.

« Couche-toi ici, mon pauvre mari. Pose ta tête sur mes genoux », entendis-je Khadija dire.

J'attendis que le silence se fît. Je ne pouvais plus retourner au lit, tout à l'heure il ferait jour.

J'allai au puits et fis tomber le seau. J'avais besoin d'eau fraîche.

Personne ne peut me raconter la suite de ce qui s'est passé cette nuit-là.

Heureusement, il n'y a nul besoin de témoin car Muhammad l'a raconté dans le Coran, dans la sourate intitulée « Le revêtu d'un manteau ».

Muhammad était toujours couché la tête sur les genoux de Khadija, il avait couvert sa tête de son manteau. Khadija supposa qu'il s'était endormi. Mais Muhammad était éveillé et repensait, les yeux fermés, à sa rencontre avec l'ange Gabriel.

Soudain, il réentendit la voix de l'ange : « *Ya ayyuha al-mudassir ! Qum fa-anzir... !* Toi qui es couvert de ton manteau, lève-toi. Montre aux hommes le chemin qui mène à Allah, le Seul et Unique ! »

Effrayé, Muhammad ôta le manteau de sa tête.

« Qu'y a-t-il, Muhammad ? demanda Khadija.

— L'ange est dans la chambre, répondit-il en tremblant.

— Il n'y a personne ici ; reste couché, mon amour.

— Je ne suis pourtant pas devenu fou, j'entends des voix, je l'entends.

— Tu as besoin de repos, Muhammad. »

Aux premières lueurs du jour, Muhammad enfila son manteau et quitta la maison. Et moi, Zayd, qui me tenais justement au bord du puits, je le suivis à faible distance. Sur le parvis de la Kaaba, il rencontra ses amis Abû Bakr, Omar et Othman.

« Qu'y a-t-il, Muhammad ? Tu as passé une mauvaise nuit ? demanda Abû Bakr.

— *La ilaha illa Allah*, répondit Muhammad, on m'a parlé. Ai-je l'air d'un fou ? Crois-tu que je voie des fantômes ? »

Abû Bakr le prit par le bras : « Tu viens avec nous ! »

Je rentrai rassurer Khadija : « Abû Bakr, Omar et Othman l'ont emmené. »

24

Abû Bakr, Omar et Othman

Abû Bakr était plus âgé que Muhammad, ils se connaissaient du bazar. C'était un riche commerçant qui possédait plus de mille chameaux. Plus tard, il succéda à Muhammad en tant que premier calife.

Omar était plus jeune que Muhammad. Il faisait le commerce des pierres précieuses et des bijoux, surtout des diamants et des perles. Plus tard, il succéda à Abû Bakr et conquit les Empires perse et byzantin.

Othman était lui aussi plus jeune que Muhammad. Il venait d'une riche famille active en politique. Othman avait un magasin à La Mecque et vendait de la soie yéménite, du satin byzantin et des rideaux perses multicolores, décorés de divers motifs de soleils et de lions. Plus tard, il succéda à Omar.

Tout le monde pouvait bien penser que Muhammad était fou ou en train de devenir fou, mais ses trois compagnons voyaient les choses autrement.

Ils se rencontraient souvent et discutaient de religion,

de La Mecque et des idoles. Mais peu à peu Muhammad s'éloignait d'eux. Au retour de chaque grand voyage à l'étranger, il adoptait un ton plus grave dans les débats et parlait avec plus de conviction de la justesse de la voie qu'il prêchait.

Abû Bakr, Omar et Othman doutaient qu'il puisse imposer son Allah à La Mecque. Il n'était pas le premier à essayer.

Les gens de La Mecque étaient habitués à voir de temps à autre un fou, un poète, un philosophe toqué proclamer dans la rue : « Je suis un prophète. Je viens vous montrer le droit chemin. » Mais ils percevaient à présent que rien n'arrêterait Muhammad : telle une grosse pierre, il dévalerait la montagne, soit pour se briser, soit pour briser les idoles.

J'étais curieux de savoir ce qu'Abû Bakr, Omar et Othman avaient dit ce matin-là à Muhammad.

À vrai dire, l'un d'eux devrait répondre à ma question, mais cela ne se produira pas. Ils ont rendu Muhammad intouchable. Ils lui ont prêté des qualités qu'il n'avait pas.

C'est pourquoi je n'aurai hélas jamais accès à la partie de la vie de Muhammad connue d'Abû Bakr, Omar et Othman seuls.

25

Ali, le cousin de Muhammad

Ali était le plus jeune fils de l'oncle Tâlib, l'homme qui avait adopté Muhammad. Ali était donc au fond le frère cadet de Muhammad.

Il devint plus tard le quatrième calife, le successeur de Muhammad.

Nous étions amis et parlions ensemble librement.

Dans la mosquée où Ali dirigeait la prière, je m'assis derrière lui. Une fois la prière terminée, je l'embrassai sur l'épaule.

« Que nous vaut la visite de Zayd ? » demanda-t-il en souriant.

Ali savait que j'étais en train de retracer la vie de Muhammad et m'avait même déjà dit un jour que j'étais toujours le bienvenu si j'avais des questions. C'est pourquoi je lui répondis : « J'ai une question à laquelle une seule personne peut répondre.

— Quelle est ta question, Zayd ?

— Ali, tu connais Abû Bakr, Omar et Othman par cœur. Que peuvent-ils avoir dit à Muhammad lorsqu'ils le rencontrèrent dans la rue dans l'état de confusion où il était ? »

Les fidèles avaient quitté la mosquée et il ne restait que nous deux. L'administrateur nous apporta du thé et des dattes.

« Je les ai souvent entendus parler de ce beau matin, dit Ali. C'est devenu un souvenir qui m'est cher. Voici. D'abord ils pensent que Muhammad sort d'une violente dispute avec Khadija et qu'il a quitté la maison de celle-ci pour de bon. Mais Muhammad les surprend par ces paroles :

"*Iqra besme rabokal lazi...*

Au nom d'Allah

Qui a créé l'homme d'un caillot de sang."

« Dès qu'ils l'entendent prononcer ces mots, ils le prennent par le bras et l'emmènent chez Abû Bakr. Ils lui préparent un solide petit déjeuner : du lait, des œufs au plat, du fromage et du miel. Une fois seulement qu'il a repris un peu de forces, Abû Bakr lui demande : "Raconte, Muhammad.

« — Ils ont cherché le contact avec moi", répond Muhammad, avant de se perdre dans ses pensées.

« Encouragé par Abû Bakr, Muhammad raconte le reste de son histoire.

« Après un long silence, Omar dit : "Tu as commencé ta mission, Muhammad."

« Après quoi Abû Bakr remarque : "Tu n'es pas fou, Muhammad, mais si tu t'arrêtes maintenant, tu le deviendras. Tu dois aller jusqu'au bout. Je suis à tes côtés.

« — Moi aussi, approuve Omar. Mais il y a un problème. Tu es maintenant un prophète et nous ne sommes personne. Tu nous as en quelque sorte mis de côté, si bien que nous ne pouvons pas t'aider.

« — Provisoirement du moins, ajoute Othman, mais nous restons à l'arrière-plan et verrons comment ça évolue. Je te souhaite bonne chance, Muhammad.

« — Bénie soit ta route, conclut Abû Bakr. Nous te soutenons. Dans la peine comme dans la joie !”

« Omar embrasse Muhammad sur son épaule droite.

« Othman embrasse Muhammad sur son épaule gauche.

« Abû Bakr embrasse Muhammad sur son front.

« Et ils se lèvent. »

26

Muhammad, le Messager

Une année durant, Muhammad s'évertua à convaincre les gens qu'il était le messager d'Allah.

Et je le suivais partout.

Il passa d'abord chez ceux qu'il connaissait.

Je restais alors à distance. Ce qu'il leur disait, je ne l'entendais pas, mais je le voyais montrer d'un geste de la main le ciel et la Kaaba.

Je savais à quel moment il évoquait les anciens prophètes. Au mouvement de ses mains, je comprenais qu'il parlait des pays voisins, qui ne rendaient gloire à aucune idole.

Je savais qu'il évoquerait ensuite le mont Hira, l'ange qu'il avait rencontré.

Ces gens recevaient Muhammad avec respect. Ils le connaissaient, mais personne ne l'écoutait.

Une année durant, il alla de bureau en bureau pour discuter avec ses anciens collègues mais, à la fin de cette année, il n'y avait toujours personne pour le croire.

« Allah ? Quel Allah ? De quoi parles-tu, Muhammad ? »

Ils se moquaient de lui. Ce n'était pas la première fois

qu'ils voyaient passer de ces hommes qui se proclamaient prophètes.

« Muhammad, nous nous serions attendus à ça de tous sauf de toi, disaient-ils. Tu es un homme convenable, l'époux de Khadija. Tu diriges une grande entreprise. Comment se fait-il que tu te mettes soudain à aller de l'un à l'autre comme un fou pour avertir les gens ? Toi, un messager ? Où as-tu pris une telle idée ? »

Namim ibn Nasir, un commerçant en sel, poivre et épices, me raconta ce qui suit : « Dès que Muhammad apparaissait dans le bazar, les commerçants se cachaient dans la resserre à l'arrière de leur magasin car, lorsqu'il les voyait, il entrait et se mettait à leur parler d'Allah et de la pluie, de la pomme, des dattes, des graines ; on ne pouvait alors plus l'arrêter. »

Ce Namim se souvenait encore d'une conversation avec Abû Djahl, le chef de la police de La Mecque : « Abû Djahl pénétra dans mon magasin et me dit : "Je viens de rencontrer Muhammad dans la rue. Ou plutôt, il m'a arrêté et m'a rebattu les oreilles de ses histoires. Il m'a dit : 'Abû Djahl. Si tu me suis, tu deviendras le général de l'armée d'Allah.'

« "J'ai demandé en plaisantant : 'Et si je péris à la guerre ?'

« "Muhammad a répondu : 'Et si tu meurs au combat, tu iras au paradis où des vierges en robe verte, aux bras ornés de bracelets d'or et une coupe de vin à la main, t'attendent assises sur les bancs à l'ombre des arbres.'"

« Abû Djahl rit tout haut et fit remarquer : "La barbe de Muhammad est devenue grise et son entreprise est en faillite. Maintenant, il essaie d'écouler des vierges !" »

27

La mission de Muhammad :
la deuxième année

On trouvait Muhammad de plus en plus souvent dans un coin du parvis de la Kaaba, où il attendait que quelqu'un passe. Quelqu'un qu'il connaisse, ou dont il supposait qu'il pourrait entrer en conversation avec lui.

Il se hâtait vers cette personne et faisait un bout de chemin avec elle. Je les suivais. J'étais déjà content lorsque leur conversation se prolongeait un peu, mais pareilles conversations en général ne donnaient rien.

Lorsque les gens en avaient assez de l'écouter, il leur serrait la main, les remerciait pour leur temps et les laissait aller.

« Ce sont des gens de pierre, disait alors Muhammad en s'adressant à moi. De pierre, tout comme leurs idoles. Ils n'entendent rien. Leurs yeux, leurs oreilles, leur bouche sont de pierre. Ce que je peux leur dire les indiffère. »

Certains lui demandaient des preuves.

« Muhammad, nous savons que tu es un homme probe, mais prouve-nous que tu es vraiment un prophète. Apporte-nous une confirmation de l'existence de ton Allah, ne serait-ce qu'un billet cacheté. Ce doit pourtant être d'une grande simplicité pour un Créateur ayant créé l'univers tout entier de te confier un billet ?

« Les anciens prophètes se sont tous présentés avec un miracle. Moïse jeta sa canne par terre et celle-ci se mit à bouger comme un serpent. Jésus ressuscita les morts. Et toi, Muhammad ? De quoi es-tu capable ? Où est ton miracle ? »

Muhammad n'était capable d'aucun miracle et, tant qu'il n'était capable d'aucun miracle, il ne pouvait vendre son Allah à ces commerçants.

Il y avait bien aussi une part de vérité dans ce qu'ils disaient. Muhammad faisait tout pour Allah, mais Allah ne faisait rien pour lui.

Le soir, il rentrait épuisé à la maison.

Peut-être étais-je le seul à le remarquer, mais je voyais sa tête blanchir de jour en jour. Je voyais les rides de son visage se creuser peu à peu.

Il ne parlait plus avec Khadija de sa mission. « Toujours personne aujourd'hui » était tout ce qui pouvait sortir de sa bouche.

J'admirais Khadija pour sa patience. Elle se disputait avec lui, mais sa colère était de courte durée. Elle ne s'obstinait pas dans ses reproches. Elle s'occupait bien de lui, prenait chaque soir le temps de soigner ses ampoules sous la plante des pieds.

« Il faut que tu portes des chaussures aux semelles de fer, Muhammad », lui disait-elle.

À l'arrière-plan, Abû Bakr, Omar et Othman mettaient tout en œuvre pour lui trouver des disciples.

Ils arrangèrent d'abord des tête-à-tête entre Muhammad et leurs amis, mais aucun ne donna quoi que ce soit.

Plus tard, ils organisèrent des réunions chez Abû Bakr. Ils donnaient une fête où l'on servait de la nourriture, du vin, des fruits et des friandises. Puis ils demandaient à Muhammad de prononcer un discours. Les invités posaient des questions et se lançaient dans une discussion enflammée comme on peut en avoir la nuit dans le désert en Arabie. Tard dans la nuit ils s'en retournaient chez eux, ivres, et le lendemain ils ne voulaient plus rien savoir de Muhammad ni de son message.

Abû Bakr et Omar réussirent toutefois à rallier deux hommes autour de Muhammad. L'un s'appelait Zubayr, c'était le boucher d'Abû Bakr. L'autre s'appelait Saad et était un petit commerçant en perles, une relation d'affaires d'Omar.

Il s'était écoulé deux ans avec pour résultat l'appui d'un boucher et d'un vendeur de perles. Cela ne pouvait pas continuer ainsi.

28

Muhammad n'en peut plus

Il se passait quelque chose d'étrange. Allah n'avait cherché qu'une seule fois le contact avec Muhammad.

Allah l'avait chargé de mener les hommes à Lui, mais Lui-même ne daignait pas remuer le petit doigt.

Ne voyait-Il pas combien Muhammad était sous pression ?

Ignorait-Il à quel point on l'offensait ? À quel point il risquait tout pour Lui ?

Ne voyait-Il pas combien Muhammad avait mis dans l'embarras ses enfants, sa famille, sa femme, ses amis et son clan pour Lui en racontant partout comme un niais qu'Allah était le Créateur de la lumière et le Créateur du moustique ?

Était-il bien sur le bon chemin ?

Muhammad se remit à douter.

Allah était-Il vraiment entré en contact avec lui ?

L'ange Gabriel avait-il réellement tenu ce bout de papier devant les yeux de Muhammad ?

N'était-ce pas un rêve éveillé ? Une hallucination ?

Et pis encore, si ce n'était pas un produit de son

imagination, pourquoi Allah ne lui avait-Il pas donné une preuve, pourquoi ne pouvait-il pas faire des miracles ?

Comment peut-on nommer quelqu'un messager sans lui fournir la moindre preuve ?

Des jours, des semaines, des mois passèrent sans un signe d'en haut.

Muhammad fléchissait sous le poids de ses doutes.

Il quitta la cité et reprit le chemin des montagnes. Devant la grotte, il attendit un nouveau signe. Mais nul signe ne vint.

C'était donc vrai, il s'était trompé, avait tout inventé. Le Créateur n'était jamais entré en contact avec lui. Allah n'avait pas besoin de Muhammad.

Il se coucha cette nuit-là dans la grotte, profondément déçu. Il posa sa tête sur une pierre, se replia en chien de fusil et pleura.

Soudain il entendit des pas, puis une voix : « Muhammad ! »

C'était l'ange Gabriel :

« Au nom d'Allah
Par la clarté du jour !...
Par la nuit, quand elle s'étend !
Ton Créateur ne t'a ni abandonné
Ni rejeté !
Bientôt Il t'accordera ses dons et tu seras comblé.
Ne t'a-t-Il pas trouvé orphelin
Et Il t'a procuré un refuge.
Il t'a trouvé errant et Il t'a montré le chemin.
Il t'a trouvé pauvre et Il t'a enrichi.
Viens, Muhammad. Lève-toi. »

Désormais, Muhammad ne se laisserait plus briser par quiconque. Il quitta la grotte et descendit pour ne plus jamais s'arrêter.

« Je n'ai pas besoin de preuve, criait-il dans la nuit.

« Je suis la preuve. »

29

Muhammad recouvre sa force

Muhammad débordait d'énergie lorsqu'il rentra à la maison.

Je pris le flambeau pour éclairer son visage. Il avait de nouveau parlé avec le Ciel, cela sautait aux yeux.

« Prépare le bain pour Muhammad », criai-je à la servante.

Muhammad entra dans la chambre de Khadija, avec une telle fougue qu'il en effraya son épouse.

« Qu'est-il arrivé, Muhammad ? s'écria-t-elle.

— Il... là-haut... l'ange... je... j'ai reçu un nouveau texte », dit-il.

Ses mains tremblaient.

« Quel texte ?

— Par la clarté du jour !...

« Par la nuit, quand elle s'étend !

« Ton Créateur ne t'a pas abandonné. »

Khadija se redressa, le prit par le bras : « Calme-toi, Muhammad. Raconte-moi ce qu'il est arrivé exactement. »

Le jour suivant commença le voyage sans fin de Muhammad. Et il nous embarqua tous avec lui, ses filles, sa femme, notre maison, moi, son oncle, son clan, toutes les femmes, tous les juifs, tous les esclaves et tous les chameaux et toutes les idoles.

Son approche bienveillante n'avait pas marché. Il décida de poser un tabouret en pleine rue et, ainsi perché, de s'adresser aux gens sur un ton d'avertissement. Il n'avait pas le choix.

Ibrahim ibn Soghd Zakariya me parla de l'une des premières interventions publiques de Muhammad.

« Je n'ai pas assisté moi-même à ce moment, dit Ibrahim ibn Soghd Zakariya, mais je l'ai entendu de mes propres oreilles de la bouche de Yahya abû Ashath, qui l'a entendu de ses propres oreilles de la bouche d'Ismaïl ibn Iyyas, qui l'a entendu de ses propres oreilles de la bouche de son père, Iyyas ibn al-Qasim, qui y a assisté en personne. Je cite donc Iyyas ibn al-Qasim :

« "Je faisais alors le commerce des aromates, chargeais tout mon bagage sur un chameau et allais à pied de village en village. En route vers La Mecque, je rendis visite à Tâlib. C'était tout comme moi un petit commerçant, mais qui possédait trois chameaux. Tâlib était l'oncle de Muhammad.

« "Je jure par Allah que je me trouvais là en train de parler avec Tâlib lorsqu'un homme d'une quarantaine d'années est sorti soudain d'une tente. Il a regardé le coucher de soleil sur le désert, a pris de l'eau dans un seau, s'est lavé la figure, puis les mains jusqu'aux coudes, et les pieds jusqu'aux chevilles. Il s'est tourné vers le soleil et a placé ses mains sur son ventre. L'homme a marmonné quelque chose, puis il s'est penché en avant, s'est agenouillé et a posé sa tête par terre tandis qu'il psalmodiait.

« “Étonné, je regardai Tâlib et lui demandai : ‘Qui est-ce ?

« “— Mon neveu, Muhammad.

« “— Que fait-il ?

« “— Il croit être un messager. Il veut conquérir l’Empire perse et apporter ici l’or des rois.’” »

Le récit d’Ibrahim ibn Soghd Zakariya parlait de l’une des premières prières de Muhammad. Il ne s’agissait pas encore d’une prière complète. Elle occupait l’esprit de Muhammad, parce qu’il n’en connaissait pas encore la fin.

À la maison, je surpris Muhammad deux ou trois fois dans sa chambre dans une drôle de posture. À quatre pattes, le front par terre, il psalmodiait.

Plus tard, il fit de même dans la véranda.

Khadija m’interrogea des yeux.

« Il prie », dis-je.

Au cours de cette période, plusieurs textes lui furent révélés à la suite. Il en émanait une grande force. Ils avaient quelque chose du poème et le goût tantôt de jeunes dattes, tantôt du blé :

Par le figuier et l’olivier !
Par le mont Sinaï !
Par La Mecque où règne la sécurité !
Oui, Nous avons créé l’homme dans la forme la plus parfaite.

Un soir alors que nous étions chez Abû Bakr, en présence également d’Omar et d’Othman, Muhammad dit :

« Une nouvelle sourate m’a été révélée. »

Chaque fois qu'il leur disait cela, ils se redressaient, curieux.

« Récite-la », fit Abû Bakr.

Muhammad dit :

« Au nom d'Allah

Louange à Allah, le Créateur des mondes.

Le Roi de la vie après la mort.

C'est Toi que nous prions, c'est Toi dont nous implorons le secours.

Dirige-nous dans le chemin droit :

le chemin de ceux que tu as comblés de bienfaits ;

non pas le chemin de ceux qui encourent ta colère ni celui des égarés. »

Lorsqu'il eut terminé, personne ne réagit. Tête basse, ils songeaient.

« Cela n'est pas une simple sourate, dit Muhammad, mais une prière. J'ai reçu l'ordre de la pratiquer en public.

— Qu'entends-tu par pratiquer ? demanda Abû Bakr.

— Les gens prient les idoles dans la Kaaba. Moi, je prie Allah. Demain, c'est vendredi. À la tombée du soir, il y a beaucoup de monde sur le parvis de la Kaaba. J'irai prier là.

— Où sur le parvis ? fit Abû Bakr.

— Par terre, tout simplement.

— Comment ? demanda Omar.

— Tout le monde se tourne vers la Kaaba. Moi non. Je me tournerai vers le soleil », répondit Muhammad.

Le lendemain, toute la journée, je me sentis agité.

Muhammad ne dit rien. Il avait mis Abû Bakr, Omar et Othman devant un choix difficile.

Viendraient-ils pour la prière ?

S'ils venaient, ils risquaient leur vie et devraient suivre

Muhammad jusqu'au bout. Mais s'ils ne venaient pas, la question se poserait de savoir s'ils soutenaient vraiment Muhammad.

À la tombée du soir, au coucher du soleil, nous nous tenions ensemble, Muhammad et moi, sur le parvis de la Kaaba et le sang me battait aux tempes. Viendraient-ils ?

Il y avait beaucoup de monde sur le parvis et tous entraient dans la Kaaba pour la prière. Rien n'échappait à mon regard. J'espérais qu'ils n'abandonneraient pas Muhammad à un moment aussi décisif.

Les gardiens allumèrent les grands flambeaux sur le parvis.

À la lueur des flambeaux, je vis Abû Bakr s'avancer vers nous. Je tressaillis de joie. Ô Dieu Tout-Puissant de Muhammad ! Puis apparurent aussi Omar, Othman, le boucher Zubayr et le vendeur de perles Saad.

« Muhammad, ils arrivent. Tous les cinq », chuchotai-je.

Ils embrassèrent Muhammad, l'un après l'autre. Et je sentis que quelque chose de grand était en marche, que personne ne pourrait plus arrêter.

« Commençons », dit Muhammad.

Il tourna le dos à la Kaaba, le visage face au soleil couchant.

Abû Bakr prit place derrière lui.

Omar se posta à la droite d'Abû Bakr.

Othman se posta à la gauche d'Abû Bakr.

À leur tour, Zubayr et Saad se placèrent derrière eux.

Je me mis complètement à l'arrière.

« Au nom d'Allah », dit Muhammad à haute voix, et il récita la sourate.

Nous répétâmes avec le plus grand calme ses paroles. Tout le monde nous regardait.

« Que font-ils ?
— C'est Muhammad, là-devant, dit quelqu'un.
— Je vois Abû Bakr, dit un autre.
— Et le boucher.
— Le vendeur de perles.
— Pourquoi se penchent-ils en avant ?
— Pourquoi pressent-ils le front contre la terre ?
— Que fredonnent-ils ? »

Jusque tard dans la nuit, tout le monde parla de Muhammad.

La Mecque ne put dormir ce soir-là.

30

Les Mecquois raillent Muhammad

Chaque jour, je prenais le tabouret et sortais avec Muhammad.

Je posais le tabouret sur le parvis lorsque les gens voulaient entrer dans la Kaaba pour la prière.

Je montais sur le tabouret en premier et criais : « Oyez, tous ! Muhammad, le messager d'Allah, va parler. »

Muhammad montait à son tour sur le tabouret et criait : « Vous, habitants de La Mecque. N'implorez pas l'aide des idoles. Elles ne vous entendent pas. Ce sont des statues de bois et de pierre. »

Les gens se fâchaient.

« Toi, Muhammad. Ton propre grand-père et le père de ton grand-père et le père du père de ton grand-père étaient les gardiens de la clé de la Kaaba. Tu n'as pas le droit d'offenser nos dieux. Ce sont tes propres morts que tu offenses.

— Les idoles ne peuvent pas se sentir offensées. Elles sont sourdes. Elles sont aveugles et muettes », répondait Muhammad.

Je déplaçais le tabouret pour l'installer sur la place du marché, à un endroit très passant, et criais : « Oyez, tous, le messager d'Allah vous met en garde. »

Mais avant que Muhammad ait pu commencer, ils l'apostrophaient avec véhémence : « Muhammad, avec ton Allah, tu jettes le trouble dans la population de La Mecque. Donne-nous un signe de l'existence de cet Allah, si tu dis la vérité.

— Prenez une olive, répondait Muhammad. Vous pouvez aussi bien la manger que la presser et utiliser son huile pour faire brûler votre lanterne. L'huile claire contenue dans l'olive est un signe.

« Prenez le chameau qui vous sert de monture. Lui aussi est un signe. »

Les gens se mettaient à parler tous en même temps : « Qu'est-il en train de raconter ? Des olives et des chameaux ? Il joue avec les mots. Ça n'a aucun sens. S'il dit la vérité, pourquoi Allah n'envoie-t-Il donc pas du ciel un ange pour le guider ? Ce n'est pas un messager, c'est un homme comme nous autres, il mange, il dort et il se lave comme tout le monde dans la rivière. »

Je posai le tabouret sur le marché aux chameaux et criai : « Oyez, tous, une nouvelle sourate a été révélée au Messager. »

Et Muhammad de réciter :

« N'avons-nous pas disposé la terre comme un lit de repos,

et les montagnes comme des piliers de tente ?

Nous vous avons créés par couples.

Nous avons fait de votre sommeil un repos.

Nous avons fait de la nuit un voile.

Nous avons fait du jour le moment de la vie.

— Qu'avons-nous à fiche de ce lit de repos et de ces piliers de tente ? fit un vendeur de chameaux.

— Cela lui a été révélé, dit un autre.

— Ce ne sont que des balivernes. Des fables ! »

Tous les vendredis matin, je posais le tabouret le long de la route qu'empruntaient les hommes pour offrir leurs sacrifices à la divinité Al-Uzza.

Muhammad leur criait : « Vous, hommes ! Vous n'avez pas le droit d'avoir honte de vos filles.

« Vous n'avez pas le droit de sacrifier vos nouveau-nées à Al-Uzza.

« Allah l'a interdit. »

Après avoir fait leurs sacrifices, les hommes se disputaient avec lui : « Muhammad, tu vas trop loin. Il vaut mieux pour toi que nous ne te revoyions plus jamais ici. »

Je posai le tabouret sur le marché aux chevaux et m'écriai : « Le messager d'Allah est ici. »

Les gens s'attroupèrent autour de Muhammad.

« Muhammad, je ne comprends pas pourquoi cet Allah t'a choisi pour messager, toi qui sais à peine lire et écrire, dit un vendeur de chevaux.

— Moi non plus, je ne le sais pas, répondit Muhammad. Allah, Lui, le sait. Il sait tout.

— Muhammad, tu dis qu'Allah sait tout et peut tout. Demande-lui de jeter quelques pièces d'or à mes pieds, dit un autre vendeur de chevaux.

— Écoutez, je ne peux pas accomplir de miracles, répondit Muhammad, je ne suis qu'un messager.

— Il ne sait rien, il ne peut rien », conclurent les gens et ils abandonnèrent là Muhammad.

Lorsque les gens virent que Muhammad continuait malgré tout à les mettre en garde, alors que personne ne prenait au sérieux ce qu'il disait, ils se mirent à se moquer de lui. Ils l'insultèrent. Ils se bouchèrent les oreilles et pour rire se couvrirent la tête de leur manteau. Et lorsque Muhammad cria Allah, ils crièrent haut et fort le nom des idoles : Wad, Manat, Al-Lat, Nasr, Isaf, Al-Uzza.

Ils se poussèrent jusqu'à ce que l'un d'eux heurte Muhammad et que celui-ci tombe du tabouret. Mais Muhammad remonta patiemment et cria : « Je ne vous demande rien. Je ne le dis pas pour moi. J'ai seulement été chargé de vous conduire sur le droit chemin.

— Mais Muhammad, où mène ce chemin ? lui lança un homme en rigolant.

— Il veut nous emmener au paradis, voir les belles vierges ! » rugit un autre.

Un soir, alors que Muhammad se trouvait à nouveau sur le tabouret, on lui jeta une pierre. La pierre le toucha à la tête et roula à mes pieds.

31

Aasha, le poète de La Mecque

La plupart des gens avaient beau se moquer de Muhammad, il y en avait aussi d'autres qui écoutaient en silence ce qu'il disait. Aasha, le grand poète de La Mecque, était l'un d'eux.

Lorsque j'étais jeune, je le vis une fois passer tel un roi dans les rues de La Mecque sur un pur-sang arabe à la robe brune. Il portait un manteau en peau de gazelle, orné de petits joyaux. Il écrivait des poèmes magiques sur les nuits dans le désert, sur les serpents et sur les femmes. Ses vers chantaient le vin et les chameaux avançant tels des bateaux sur des vagues de sable.

Quiconque l'avait entendu un jour déclamer ses poèmes ne l'oubliait jamais. Sa poésie était inscrite sur parchemin avec du sang de bœuf, en gros caractères, et accrochée au mur de la Kaaba.

Dans ses jeunes années, Muhammad avait été l'un de ses fervents admirateurs. Où qu'Aasha récite ses poèmes, Muhammad se tenait au premier rang. Et il connaissait beaucoup de ses poèmes par cœur.

J'avais cru d'abord qu'Aasha était mort mais je le trouvai dans un vieux château, à l'extérieur de la cité. Son cheval avait rendu l'âme depuis longtemps. Et son habit de roi ne devait plus lui aller car il s'était tassé et marchait courbé, en s'appuyant sur une canne au pommeau d'or.

Peut-être que personne ne se souvenait plus de ses poèmes. Mais moi, si. Et je le saluai dans son jardin, au soleil.

« *As-salam alaykoum*, Aasha le poète », lançai-je et j'inclinai la tête.

Mettant sa main en visière, il me regarda.

Je récitai un de ses poèmes :

« *Inna lana ghayara sahat badama sabzat*
Wa ashra warnat makanat trasshisha...
Les raisins deviennent noirs
après avoir été verts
Ils deviennent sucrés après avoir été aigres.
Mais les femmes du désert
restent toujours brunes,
d'un brun sucré ! »

Il rayonnait de bonheur.

« Qui es-tu, toi qui me rends si heureux ? demanda-t-il.

— Zayd. Votre admirateur. Le *katib*[1] du Messager.

— Quel messager ?

— Muhammad, le Messager.

— Ah, Muhammad », dit-il en hochant la tête.

De sa canne, il fit signe à ses domestiques. Un esclave apparut et installa deux chaises à l'ombre des grands arbres, et une esclave apporta un bol d'eau parfumée au sucre de canne et aux pétales de rose.

« Assieds-toi », dit-il en montrant de sa canne l'une des chaises.

Je m'assis, mais lui-même resta debout.

1. Chroniqueur.

« Dis-moi, fit-il.

— Je suis en train d'écrire la vie de Muhammad. Ce serait pour moi un honneur de pouvoir noter aussi dans mon livre le point de vue de mon maître Aasha. »

Le grand poète Aasha prit son temps pour répondre : « Ton Muhammad semblait être l'un de ces nombreux faux prophètes de La Mecque. Tout le monde le considérait comme un homme respectable qui avait soudain perdu la tête. Mais il était différent, il savait ce qu'il voulait et avait une imagination sans bornes et était d'une inhabituelle persévérance. Il avait un plan, mais son plan clochait. Il voulait une révolution par le haut. Il tentait de rassembler les grands commerçants derrière lui pour débarrasser la Kaaba des idoles. C'était un mauvais calcul. Il avait conçu son plan à l'envers. Pour se débarrasser des idoles, il ne faut pas demander l'aide des commerçants. Il ne faut pas quémander l'aide des puissants propriétaires d'esclaves.

« Muhammad était malin et se rendit compte de son erreur. Il changea d'approche et se tourna vers les esclaves et vers les femmes. Ce tournant radical fut un coup de maître. Car dans notre histoire, jamais encore quelqu'un n'avait compté sur les femmes. Tout à coup, il sortit une puissante armée de sa manche. Il trouva une armée d'esclaves, de pauvres et de femmes, qu'il nomma : l'armée d'Allah.

« C'était particulièrement intelligent de sa part.

« Tout le monde l'importunait avec la même question : "Hé ! Prophète ! Où est ton miracle ?"

« Pendant longtemps, il n'avait rien eu d'autre à répondre qu'un modeste : "Pardonnez-moi. Allah ne m'a pas confié de miracle."

« Et c'était son point faible, à vrai dire, son point le

plus faible. J'ai donné alors un coup de main à Muhammad. Personne ne le sait. J'allais souvent l'écouter en secret lorsqu'il admonestait les gens. Je le voyais le dos au mur parce qu'il ne pouvait produire aucun miracle. Une nuit, je lui envoyai mon valet, à qui j'avais demandé de souffler le message suivant à l'oreille de Muhammad : "Muhammad, ton miracle, ce sont tes sourates." »

Moi, Zayd, j'eus les larmes aux yeux lorsque Aasha me dit cela.

« Muhammad comprit mon message, poursuivit Aasha. Le lendemain, il surprit tout le monde par sa réponse osée.

« "Muhammad, où est ton miracle ?

« — Ici. Dans mes récits. Le Coran est un miracle !" s'écria-t-il, avec une entière conviction.

« C'est que c'était un messager rusé, ce Muhammad. De quoi parlait-il ? Il n'avait pas de Livre. Il n'était pas encore question d'un Livre. Il ne faisait que jacasser, mais il jacassait bien. Il disait ce qui lui venait à l'esprit, sans s'embarrasser de cohérence. Mais ses inventions décousues étaient d'une poésie rafraîchissante.

« Muhammad alla même plus loin et dit : "Personne n'est en mesure de proposer un meilleur Livre que le Coran. Car ce que je raconte n'est pas de moi, mais d'Allah. Et tout ce que je raconte figure dans le Livre des Commencements."

« Je ne pus m'empêcher de rire tout haut. Quel Livre des Commencements ?

« Il voulait dire que tout ce qu'il racontait provenait de la mémoire d'Allah. Il donnait ainsi un caractère divin à ses paroles.

« Mais moi seul, Aasha, le vieux poète de La Mecque, savais que Muhammad était effectivement en train de produire un livre miracle. Sa langue était neuve, sa prose d'une fraîcheur bouleversante. Il plagiait, pillait les récits antiques d'autres peuples et les couvrait d'une belle patine arabe. Ainsi, il en faisait un texte à lui.

« Les textes de Muhammad ne sont pas pour ceux qui lisent en diagonale. Pour qui ne connaît rien à la langue arabe, ils semblent très confus.

« Ses récits conviennent à deux types de gens : les analphabètes et les savants. Il vous faut répéter ses paroles jusqu'à ce qu'elles vous montent à la tête comme un vieux vin.

« J'ignore ce qu'on dira des récits de Muhammad dans cent ans, mais aujourd'hui je lui envie sa prose. Le Coran est le miracle de notre temps.

« Lorsque j'ai une de ses sourates entre les mains, celle-ci me fait penser à un cygne sauvage qu'il me faut tenir pressé contre ma poitrine avec les deux bras. »

32

Allah, l'islam, le Coran

Aasha se perdit un instant dans ses pensées. Peut-être essayait-il de se représenter l'étreinte du grand cygne sauvage. Puis il se tourna à nouveau vers moi.

« J'enviais secrètement Muhammad, dit Aasha. Je ne l'ai pas défendu, mais je n'ai pas non plus contesté ses paroles. J'ai gardé le silence, j'écoutais. Une grande partie de ce que disait Muhammad me semblait n'avoir aucun sens, mais il employait pour le dire une langue arabe toute neuve. Je ne comprends toujours pas comment ces textes incompréhensibles ont pu le mener si loin.

« Il criait tout à coup ces mots venus de nulle part : "*Allahu Akbar*, Allah est grand !"

« Qui est Allah ? Et comment sait-on qu'Il est grand ?

« Allah représentait un concept nouveau et Sa grandeur n'était pas observable.

« Il disait : "*La ilaha illa Allah* : Il n'y a qu'un seul Dieu et Il a pour nom Allah." Cette construction syntaxique était neuve. "Lah" dans Allah signifie non, ou pas plus. Allah est donc Un et pas plus.

« Muhammad disait : "*Salam alaykoum !* Je te salue, que la paix soit sur toi."

« Personne n'avait jamais utilisé le mot *salam* en guise de salutation : "*Salam alaykoum !*"

« Lorsqu'on disait pour la première fois "*Salam alaykoum*" à quelqu'un, ça avait un délicieux goût sucré, comme une bouchée de pâtisserie toute fraîche.

« Il disait : "*Lam yalid wa lam youlad* : Personne ne L'a enfanté. Et Il n'enfante pas."

« On en avait la chair de poule lorsqu'on l'entendait pour la première fois. C'était une phrase arabe simple mais en même temps d'une grande force, avec beaucoup de *l* et de *a*. Lorsqu'on la prononce, les sons évoquent de hautes montagnes.

« Le mot *islam* était également un mot nouveau. D'abord vide de sens, il signifia à la longue : "Rends-toi !"

« "Très bien ! disaient les gens. Mais à qui devons-nous nous rendre ?

« — Au Créateur de toute chose !" répondait Muhammad.

« Le mot *Coran* n'avait pas non plus de signification. Il se traduisit plus tard par : "Petit à petit. Bout après bout. Un bout de texte maintenant, un bout de texte plus tard. Lis et récite !"

« Muhammad était fanatique, presque possédé. Ce qu'il prétendait était bizarre, ce qu'il faisait, encore plus étrange.

« Il mentait, il mentait énormément. Et croyait en ses propres mensonges. Mentir n'est peut-être pas le bon mot, il inventait. Il disait que ses textes coraniques lui étaient révélés. Mais il imaginait tout lui-même. Seul. Dans sa tête, et je me délectais de son pouvoir d'imagination.

« Mais quelque chose, toujours, dans le message de Muhammad, heurtait. C'était un homme exceptionnel, ça oui, et il savait parler, mais pourquoi cette corde invisible qui le liait au Ciel, à un Allah imaginaire ?

« Il voulait lancer une révolution. Et il était l'auteur d'une performance sans précédent dans la langue arabe. C'était un chef-né, mais pourquoi se faisait-il passer pour un faux prophète sans abri ?

« Croyait-il vraiment qu'il était un messager ? Que tous ces textes lui étaient révélés ?

« Il est difficile d'y apporter une réponse. Ça reste un mystère et ça le rend énigmatique. Mais il ne pensait tellement qu'à son Allah qu'il était devenu un avec Lui. Il était Allah. Et c'est ainsi que lui venaient des textes divins. Enfin, bon ! Il y a beaucoup, à vrai dire vraiment beaucoup, de beaux passages. Les plus beaux étant ceux où il jure :

Par le soleil et sa clarté !
Par la lune quand elle le suit !
Par le jour quand il éclaire la terre !
Par la nuit quand elle l'enveloppe !

« Plus tard, il jura par l'olivier et le figuier :

Par le figuier et l'olivier !
Par le mont Sinaï !
Par La Mecque où règne la sécurité !

« Plus tard encore, il jura par les chevaux :

Par les coursiers rapides et haletants !
Ceux qui font jaillir des étincelles ;
ceux qui surgissent à l'aube ;
ceux qui font voler la poussière ;
ceux qui ensemble percent les rangs.

« Et il jura par les nombres :

Par le pair et l'impair !

« Que veux-tu savoir de plus, Zayd ? » demanda Aasha.

Je m'arrêtai là et citai encore l'un de ses poèmes à lui :

Quand tu te meus
Le monde se meut
Avec toi.
Mais, le souffle coupé, je regarde
Tes pieds nus
Dans le sable brun
Toi, le monde.

Rien ne pouvait plus venir gâcher la journée d'Aasha. Moi aussi, je me souviendrai toujours de ce jour.

33

Les hommes de la famille

Les habitants de La Mecque évitaient de croiser le chemin de Muhammad. Et les commerçants avaient donné l'ordre à leurs commis de ne pas le laisser entrer. Mais les gens ne connaissaient pas Muhammad. Ils ne savaient pas encore que jamais il ne plierait. Il irait jusqu'au bout.

Muhammad débordait d'imagination et voulait placer ses idées comme des jalons sur le sol. Mais personne ne le comprenait. Peut-être Muhammad ne comprenait-il pas cela lui-même, si je peux me permettre d'emprunter les paroles d'Aasha.

Puisque personne ne voulait l'écouter, il durcit le ton.

La cité entière parlait de Muhammad, tout le monde l'injuriait, tout le monde se moquait de lui. Mais, de son propre clan, deux membres de sa famille mis à part, Muhammad n'avait reçu aucune réaction.

Cela le peinait et il en parlait à la maison avec Khadija.

« C'est comme si j'étais mort pour eux. »

Le premier de la famille à réagir fut Ali, le cousin de Muhammad. Un soir, Ali passa et se rendit tout droit dans la chambre de Muhammad.

« Muhammad. Je te suis aveuglément. Et je te suis en toute intelligence, dit-il sans préambule. Tu es mon frère aîné et tu as toujours été mon modèle. À partir de maintenant, je suis à ton service, je ferai ce que tu me demandes.

— Je n'avais rien espéré d'autre de ta part. La Mecque a besoin de toi, Ali », répondit Muhammad et il l'embrassa sur le front.

Le second fut Abû Tâlib, l'oncle fortuné de Muhammad.

Muhammad s'inquiétait de ce que son clan pensait de lui. Leur soutien était important pour lui. S'ils le soutenaient, personne n'oserait s'aviser de lui lancer ne serait-ce qu'un petit caillou, encore moins de le tuer.

Comme son clan tardait à réagir, Muhammad prit lui-même l'initiative. Une sourate lui fut révélée :

Nous n'avons détruit aucune cité
qui n'ait entendu des avertisseurs
et un Rappel.
N'invoque donc pas d'autre Dieu qu'Allah.
Muhammad,
avertis tes proches dans ton clan.
Dis, s'ils te désobéissent :
« Je désavoue ce que vous faites. »
Et confie-toi à Allah.
Le Puissant. Le Miséricordieux.
Il te voit quand tu te tiens debout pour la prière,
et quand tu te trouves parmi ceux qui se prosternent.
Il est, en vérité, celui qui entend et qui voit tout !

Muhammad avait atteint un point critique. Il ne pouvait supporter le silence de sa propre famille. Ils devaient s'exprimer. Ma famille est-elle avec moi ou contre moi ?

Avec la nouvelle sourate, il voulait les forcer à prendre position. Ils devaient se ranger soit du côté d'Allah, soit du côté des idoles. Il n'y avait pas de troisième voie.

Il en discuta avec Khadija et invita tous les hommes de sa famille à venir dîner chez lui.

Il y avait dans sa famille aussi bien des très riches que des pauvres. Les riches habitaient de belles maisons, étaient grands commerçants et siégeaient au Conseil de la cité. Les pauvres vivaient dans des tentes, dans le désert.

Comparée aux autres maisons de La Mecque, celle de Khadija était digne d'un roi. En début de soirée, les hommes s'assemblèrent devant la porte.

Le chef des domestiques accueillit les invités et les conduisit dans la salle de réception. Parmi eux se trouvaient deux personnages très importants.

L'un était Tâlib, le vieil oncle respecté de Muhammad. C'était le père spirituel de Muhammad. Il avait toujours un étal sur le marché du vendredi à La Mecque. Il n'adhérait pas à la religion de Muhammad, mais lui apportait néanmoins son soutien inconditionnel.

Le deuxième personnage important s'appelait Abû Lahab, un autre oncle de Muhammad. Ce riche commerçant avait un siège au Conseil des sages de La Mecque.

Abû Lahab considérait Muhammad comme la honte de la famille. Il avait tout essayé pour le dissuader de poursuivre sa mission : « Ne fais pas cela, Muhammad ! Ne fais pas cela ! À ton âge, tu devrais te montrer raisonnable. Pourquoi importunes-tu chaque fois mes collègues avec ton Allah ? Arrête, sinon je te ferai déclarer fou afin de préserver notre clan de cette honte. »

Muhammad reçut malgré tout Abû Lahab chaleureusement et lui offrit une place d'honneur dans la salle de réception. Il espérait encore obtenir le soutien de cet oncle puissant. S'il pouvait l'en convaincre, ce serait une véritable percée.

Lorsque tout le monde fut dans la salle, Muhammad me fit un signe de tête : « Du vin ! »

34

Abû Lahab, le chef du clan de Muhammad

Des années plus tard, Muhammad interdit le vin. Mais pour ce qui était du présent, on apporta trois pichets et un grand nombre de verres.

Lorsque tous les invités furent servis en vin, il fut temps de manger. Les domestiques apportèrent de grands plats garnis de mets divers. C'était un festin comme on ne pouvait en espérer que dans la maison de Khadija.

Les hommes éteignirent leurs pipes, se lavèrent les mains et se mirent à manger. Le repas dura longtemps. Muhammad voulait éviter que les hommes ne remplissent tout à l'heure à nouveau leurs verres et s'enivrent.

Il se mit prudemment à réciter sa sourate : « *Bism Allah al-rahman al-rahim. La ilaha illa Allah*...

— Le voilà qui recommence », murmura Abû Lahab entre ses dents.

D'un rapide coup d'œil, Tâlib exhorta Muhammad au calme.

Moi, Zayd, je me tenais derrière Muhammad et voyais sa main droite trembler. Sa femme Khadija, dans le corridor, chuchota :

« Muhammad ! Domine-toi ! Ce sont tes invités. »

Je tendis à Muhammad un verre d'eau. Il en but une gorgée, se tourna vers Abû Lahab et dit : « Allah m'a ordonné en personne d'inviter mes proches à Le suivre. Allah est Un. Il est omniscient.

— Muhammad ! Arrête ! J'ai déjà entendu ça tellement de fois. Je croyais que tu m'avais invité en signe de réconciliation, mais tu nous as conviés à ce repas pour avoir ensuite le loisir de nous rebattre les oreilles de ces sornettes, lui dit Abû Lahab d'un ton tranchant.

— Vous pouvez penser tout ce que vous voulez, répondit Muhammad, mais je ne comprends toujours pas qu'un homme aussi grand et sage qu'Abû Lahab vénère une idole, un dieu de pierre insignifiant qui n'est même pas capable de chasser un moustique de son nez. »

Abû Lahab repoussa son assiette et dit : « Tu m'invites pour ensuite m'offenser ? C'en est fini maintenant avec ton Allah ! Tu as mis notre clan dans un grand embarras. Tout le monde ne parle que de toi. Jusqu'à présent nous nous sommes tus, mais je te préviens. Si tu continues ainsi, je te bannis du clan et tu erreras tel un chameau stupide dans le désert.

— Vous pouvez faire ce que vous voulez, répondit Muhammad avec véhémence, Allah est grand ! Il décide, non Abû Lahab. »

Ali se tourna vers Abû Lahab pour dire quelque chose mais Abû Tâlib, de sa canne, lui enjoignit de se taire.

Avec emportement, Abû Lahab s'essuya les mains à sa serviette, la jeta sur son assiette, se leva et quitta la pièce. Chacun, en silence, suivit son exemple.

Muhammad se tenait à présent seul dans la cour intérieure.

Moi, Zayd, je me trouvais derrière lui. Khadija et Ali le rejoignirent.

« Je ne peux pas compter sur mon clan », dit Muhammad attristé à Khadija.

Elle lui prit la main.

« Maintenant, je sais à quoi m'en tenir, poursuivit-il. Abû Lahab m'a menacé et comparé à un chameau stupide. Il m'a ainsi proscrit. À présent, n'importe qui peut me tuer sans avoir à craindre la vengeance de mon clan. Mais Abû Lahab connaît mal Muhammad. Je vais lui donner une leçon. Je vais lui faire sentir ce qu'est la honte. »

Puis il se tut. Je partis à la cuisine lui chercher un verre d'eau parfumée au sucre de canne.

Il en but une gorgée, me rendit le verre et gagna sa chambre.

Muhammad, ce soir-là, tomba malade de tristesse. Il se glissa sous sa couverture et resta alité trois jours entiers.

J'attendis dans la cour jusqu'à ce qu'il ouvre sa porte et sorte, mais il ne se montra pas. Le troisième jour, alors que le soleil commençait déjà à descendre derrière les dattiers, je pris une lanterne, ouvris prudemment la porte et entrai dans sa chambre.

Il était étendu sur le dos, la couverture tirée sur sa tête. Je m'agenouillai à son chevet et chuchotai : « Muhammad. »

Il ne réagit pas.

« Muhammad. »

Il ne bougeait pas.

Doucement, j'ôtai la couverture de son visage. Son front était emperlé de sueur. Il ouvrit les yeux et dit avec tristesse : « Qu'y a-t-il, Zayd ?

— Oh, rien ! Je voulais te lire une sourate », répondis-je.

Les yeux fermés, il m'écouta.

« Par la clarté du jour !...

Par la nuit, quand elle s'étend !

Muhammad !

Ton Créateur ne t'a ni abandonné ni oublié !

Oui, la vie future est meilleure pour toi que celle-ci.

Bientôt Il t'élèvera et tu seras heureux.

Ne t'a-t-Il pas trouvé orphelin et Il t'a procuré un refuge.

Il t'a trouvé errant et Il t'a guidé.

Il t'a trouvé pauvre et Il t'a rendu prospère.

Quant à l'orphelin, ne le brime pas.

Quant au mendiant, ne le repousse pas.

Quant aux bienfaits de ton Seigneur, raconte-les. »

Des larmes jaillirent des yeux de Muhammad. Mais son visage, soudain, s'éclaira d'un sourire.

35

Ali, poète, philosophe et orateur

Je retournai voir Ali. Il était désormais le conseiller et bras droit d'Omar, le deuxième calife. Je voulais l'interroger sur la soirée où Muhammad avait invité sa famille et où Abû Lahab l'avait menacé de le bannir du clan tel un chameau stupide.

Ali était différent d'Omar et d'Othman. Ces derniers étaient des dirigeants politiques, avec tout ce que ça comporte de ruse et de viles pratiques. Ils vécurent comme des rois lorsqu'ils dirigèrent le nouvel empire islamique.

Mais Ali a toujours vécu simplement. Il resta vivre tout comme avant dans sa propre maison. Il était honnête et pur et n'était à vrai dire pas fait pour être un dirigeant. Il était plus poète et philosophe.

Ali préférait lire plutôt qu'aller combattre au front. C'était un orateur, il envoûtait les foules de ses paroles. J'ai noté un grand nombre de ses discours sur papier et connais ainsi certaines de ses maximes par cœur. En voici quelques-unes :

« Le temps passe tel un nuage de printemps qui se gonfle. Saisis-le avant qu'il ne soit trop tard. »

« Chaque respiration est un mouvement vers la mort. »

« Qui fait d'un petit problème une montagne sera confronté à de grands problèmes. »

« Il y a deux choses sur lesquelles l'homme ne doit jamais compter : sa santé et sa fortune. »

« Sois patient ! Il n'y a pas d'autre remède contre le chagrin et le désir. »

« Les bonnes odeurs, le miel, les promenades à cheval, la contemplation des fleurs, de l'herbe et de l'eau chassent la peine et le chagrin. »

« Il y a des temps de bonheur et des temps d'épreuves. Savoure avec mesure le bonheur et montre-toi patient dans l'épreuve. »

« Prends ce que la vie te donne. Et détourne les yeux de ce que tu ne peux obtenir. »

« Cherche, et tu trouveras. C'est le secret de la vie. »

« Le bonheur est contenu dans le malheur qui t'atteint. »

« Tout ce qui t'occupe passera. Et ce qui doit t'atteindre t'atteindra. »

Je me tenais à présent devant la porte et l'on informa Ali de ma visite.

Néanmoins, je frappai avant d'entrer.

Chaque fois que je frappe à une porte, je pense à Muhammad. Il nous a appris le savoir-vivre dans le Coran. En tant que disciples de Muhammad, nous devions frapper à la porte avant d'entrer quelque part. Avant, nous pénétrions dans les maisons comme des chameaux, sans prévenir les occupants. Mais Muhammad nous reprit : « Frappe à la porte et, si on te dit d'entrer, lance d'une voix audible un "*Salam !*" en direction de la maison, afin que les occupants sachent que tu es là. »

Je frappai donc à la porte.

« Entre, Zayd ! » cria Ali.

J'entrai et lançai d'une voix audible « *Salam* ».

Ali me reçut à bras ouverts : « Bienvenue, mon ami. Bienvenue, mon frère. Quelle joie de pouvoir te serrer à nouveau dans mes bras. »

Et il appela sa femme : « Fati ? Zayd est ici. »

Fati, ou Fatima, était la fille préférée de Muhammad. Je m'en souviens encore. Il ne se lassait pas de l'admirer, il la taquinait lorsqu'il la croisait dans la cour intérieure : « Eh ! Fati ! Pourquoi Allah t'a-t-Il créée si belle ? Que faire maintenant, je ne veux te perdre au profit d'aucun autre. Je veux te garder pour moi jusqu'à ce que tu deviennes vieille, laide et édentée. Alors seulement je consentirai à donner ta main. »

Muhammad finit par marier sa fille préférée à Ali. Ils avaient à présent deux fils : Hassan et Hussein.

Fatima m'aimait bien et, chaque fois qu'elle me rencontrait quelque part, elle me lançait gaiement : « Zayd, tu es l'ombre de mon père. Il n'est plus, mais son ombre continue à se mouvoir. »

Après m'avoir salué, elle retourna à l'intérieur. Et Ali m'emmena vers un banc en bois à l'ombre des arbres.

Deux jeunes servantes noires apparurent. L'une portait dans sa main gauche un pot d'eau sucrée parfumée aux pétales de rose et dans sa main droite un plateau sur lequel étaient posés deux verres bariolés. L'autre tenait une coupe remplie de raisins grenat, de pommes et de petits concombres ayant encore leurs fleurs jaunes.

Nous parlâmes d'abord de nos familles et de nos enfants, puis je commençai : « Ali, tu m'as dit que j'étais toujours le bienvenu avec mes questions. Veux-tu me raconter ce qui se passa la nuit où Muhammad avait invité les hommes de la famille chez lui, après qu'Abû Lahab eut quitté la pièce en proférant des menaces ? »

36

Les sages du clan

Ali poussa un profond soupir. La vérité est parfois pesante.

« Oncle Abû Lahab était le chef de notre clan, dit Ali. C'était aussi l'un des hommes les plus puissants de La Mecque et il présidait le Conseil de la cité. Au fond, il était la personne qui entretenait les idoles dans la Kaaba. Abû Lahab espérait pouvoir conclure un marché avec Muhammad ; il lui promit un siège au Conseil de la cité et un revenu confortable. Mais ce soir-là il comprit que Muhammad était incorruptible et que jamais il ne pourrait l'arrêter. Après être rentré en colère chez lui, il convoqua dès le lendemain tous les sages du clan. Je n'étais pas convié, mais mon père m'a raconté comment se déroula la réunion :

« "C'était le beau milieu de la nuit et nous étions encore tous chez Abû Lahab. Nous avions bu beaucoup de thé, les théières étaient vides et les narguilés éteints, mais nous débattions encore. Abû Lahab prit la parole en dernier : 'Si ta jambe est atteinte de la peste, il faut la faire amputer, sinon elle contaminera tout ton corps. Nous en sommes là. Je coupe Muhammad du clan.'

« “Tout le monde fumait, tout le monde réfléchissait. Le silence s’éternisait et il fallait bien que quelqu’un dise quelque chose ; j’éteignis donc ma pipe et parlai : ‘Écoute, Abû Lahab ! Je suis ton frère Tâlib. J’ai élevé Muhammad comme mon fils. Il m’est cher. Si nous le bannissons du clan, il sera proscrit. N’importe qui pourra le tuer sans craindre la vengeance de notre clan. Abû Lahab ! Tu es à la tête du clan. As-tu bien réfléchi à ce que nous devons faire si Muhammad est assassiné ? Devons-nous laisser son corps dans la rue, en pâture aux chiens sauvages ? Tu es libre d’agir comme tu l’entends, mais moi je ne le laisserai pas traîner là. Tu es libre de te taire face à la mort d’un membre du clan, mais moi je tirerai vengeance. Je déclarerai la guerre au clan de l’auteur du crime. Et ce pour honorer notre clan.

« “‘Mon frère, as-tu bien réfléchi ? Il n’arrive presque jamais que quelqu’un soit banni de son clan. C’est un événement rare, une situation exceptionnelle. Qui se produit seulement lorsqu’il n’y a plus la moindre solution envisageable ou lorsque l’existence de l’ensemble du clan est en danger. On le fait pour prévenir une guerre lorsque l’ennemi est puissant et qu’il veut exterminer les femmes et les enfants du clan. Il n’est heureusement pas question d’une guerre, Abû Lahab.

« “‘— Muhammad a déclaré la guerre. Une guerre totale, cria Abû Lahab en retour.

« “‘— Ce n’est pas une guerre.

« “‘— Qu’est-ce que c’est alors ? dit Abû Lahab.

« “‘— Je ne sais pas, mais ce n’est pas une guerre et mon clan n’est pas en danger.

« “‘— Muhammad a déclaré la guerre, mais tu ne veux pas l’entendre, dit Abû Lahab.

« “‘— Pas un homme, pas une femme, pas un enfant, pas un chameau, pas une chèvre du clan ne se sent menacé par Muhammad. Je refuse d’appuyer cette décision.’”

« Mon père se leva et sortit, fit Ali. Il perçut un brouhaha de voix derrière lui, et des pas. Les sages sortirent.

« “Quelle fraîcheur délicieuse”, les entendit-il dire. »

37

L'aide des anges

Ali me reconduisit dehors et fit un bout de chemin avec moi jusqu'à l'écurie où j'avais laissé mon cheval.

« Zayd, tu as toi-même assisté à tout, tu allais partout avec Muhammad, tu en sais même plus que moi. Pourquoi me poses-tu ces questions à moi ? demanda-t-il.

— Je veux recueillir ta voix dans mon livre, répondis-je. De plus, je crains d'accorder trop de place à mon imagination. Ta voix et celle de ton père assureront une âme à ce livre. En plus, j'étais jeune et n'étais pas mêlé à tout.

« Ali, tu es un poète et un philosophe. J'aimerais intégrer cette citation de toi dans mon livre :

Ne tends pas la main
vers un objet inaccessible.
Mais ce vers quoi tu tends la main
devient accessible.

« Je sais que tu as dit cela inspiré par Muhammad. Il tendit la main vers l'inaccessible, vers l'inconcevable, et il l'atteignit.

« D'autres ont connu le prophète Muhammad. Mais toi

et moi, nous avons côtoyé l'homme. Ali, raconte-moi une belle histoire au sujet de l'homme Muhammad.

— Zayd, tu sais ce que je vais dire. Nous connaissions Muhammad. Il était d'une ténacité incroyable. Il me confia un jour : "Ali, l'inaccessible est accessible. Plus une chose est inaccessible, plus elle est accessible."

« Chacune de ses décisions était accompagnée d'une prise de risques. Mais il avait le pouvoir de soumettre le risque à sa volonté et de le transformer en facteurs fiables.

« Il tomba, tomba très bas, mais resta patient et se releva. Il était capable de patience comme aucun autre. C'est pourquoi Allah exhorte-t-Il tout le monde à la patience.

« Il poursuivit le combat jusqu'à ce que le produit de son imagination soit devenu réalité concrète.

« Muhammad était un homme unique. Pour être franc, je dois reconnaître qu'il avait souvent des hallucinations ; toutefois, grâce à elles, il atteignit son but.

« Zayd, te souviens-tu encore de cette guerre où nous avons combattu ensemble ? L'armée de La Mecque comptait quelques milliers d'hommes, et nous étions quelques centaines. Ils étaient en train de nous achever. Et les disciples fuyaient. Il ne restait plus que Muhammad, toi et moi. Nous étions perdus. Tout à coup, il rappela ses disciples en criant : "Ne fuyez pas. Allah nous envoie de l'aide. Regardez au ciel, des centaines d'anges descendent pour nous soutenir."

« Ce qu'il fit était à peine concevable. Il voyait les anges et combattait et nous combattions avec lui. Les autres revinrent et nous combattîmes ensemble de toutes nos forces avec les anges et l'ennemi battit en retraite. Tu t'en souviens, Zayd ? Ça, c'était Muhammad. Il rendait l'inaccessible accessible. »

Devant la porte de l'écurie, Ali m'embrassa une dernière fois et dit : « Passe plus souvent. Mes fils ont besoin de leur oncle Zayd. »

Je le lui promis, mais le destin en décida autrement, et jamais je ne le revis.

Plus tard, Ali devint le quatrième calife. Un soir où il priait dans la mosquée, Ibn Muljam prit place derrière lui. Au moment où Ali eut fini, Ibn Muljam le frappa de son épée en plein sur la tête. Ali tomba raide mort.

38

Femmes et esclaves

Ali avait parlé de la ténacité de Muhammad et, quand on lit les textes d'Ali, on s'étonne de la confiance qu'il a en l'homme. Il dit mot pour mot : « L'homme est capable d'atteindre tout objet de sa pensée. Lorsqu'il tente d'atteindre son but avec une attention pleine et entière, rien ne peut l'en empêcher. »

Grâce à Ali, cela m'apparut clairement. Ainsi je compris mieux la vie de Muhammad.

Muhammad tomba malade de chagrin après cette malheureuse visite de sa famille, ai-je raconté plus tôt.

Après avoir passé trois jours et trois nuits alité, il se leva.

Il prit une serviette et partit en direction des plantations de dattiers.

Je courus après lui.

Près de la rivière qui coulait le long des dattiers, il se déshabilla et sauta dans l'eau. Il ne savait pas nager, bougeait comme un chameau. Il plongea trois fois longuement la tête sous l'eau et, chaque fois qu'il remontait à la surface, poussait un grand cri :

« Allaaaaaaaaaaaaaah ! Secours-moi ! Allaaaaaaaaaa-aaaaaaaaaah ! Secours-moi ! »

Cela m'effraya.

Lorsqu'il sortit, je n'osais pas m'approcher, puis je le rejoignis tout de même. Il prit la serviette que je lui tendais et la noua autour de sa taille. Il resta au soleil jusqu'à être sec, se rhabilla et me lança la serviette.

Je l'attendais, car mes pas suivaient toujours la direction que prenaient les siens. Il alla vers les champs. Je le suivis, la serviette mouillée à l'épaule.

Muhammad avait changé son approche. Il avait eu besoin de passer trois longues nuits et trois longs jours au lit pour y réfléchir. À présent, il savait.

Jusqu'au dernier moment, il avait espéré pouvoir lancer sa révolution avec l'aide des grands commerçants, des riches Mecquois, de son clan et de son oncle influent Abû Lahab.

Mais désormais il pensait autrement. La hiérarchie du pouvoir devait être complètement renversée. Et pour cela il ne devait pas se tourner vers les riches mais vers les femmes opprimées et les esclaves humiliés jusqu'au plus profond de leur âme. C'étaient eux le moteur de la mission que Muhammad avait reçue.

Muhammad voulait se baigner dans la rivière. Il voulait se laver de cette vieille idée. Faire table rase.

À présent il se dirigeait plus convaincu que jamais vers les champs où les esclaves trimaient dur et vers les femmes traitées comme des chiennes derrière les murs des maisons et sous les tentes.

Je le suivis.

39

Bilal, l'esclave libre

Muhammad laissa les citadins en paix et marcha jour et nuit de ferme en ferme.

Des mois durant, il parla aux esclaves, hommes et femmes.

Je faisais le guet à la porte des maisons ou à l'entrée des tentes lorsqu'il s'adressait aux femmes.

Je montais dans un arbre lorsqu'il parlait aux esclaves et avertissais Muhammad dès que je voyais arriver le maître.

Une éternité semble s'être écoulée depuis.

Parfois je n'arrive pas à croire que c'est bien moi qui ai vécu tant de choses à ses côtés.

Je chevauchais à présent à travers champs, à l'extérieur de La Mecque, à la recherche de Bilal, un ancien esclave.

Bilal était devenu vieux. Il habitait une grande et belle maison en pierre et avait quarante-trois petits-enfants.

Il travaillait autrefois dans une ferme maraîchère. Je me souviens surtout de son dos courbé qui brillait au soleil comme de l'ébène, puis seulement de son visage. Il chantait en travaillant, il fredonnait. Et apaisait de sa voix les autres esclaves dans le champ. C'est cette même voix qu'il mit plus tard au service d'Allah.

Je vois encore Muhammad s'avancer vers lui et Bilal redresser son dos noir lorsqu'il aperçut le Messager qui venait à sa rencontre.

Mais je laisse ici Bilal raconter son histoire avec ses propres mots. Depuis le début :

« Mon nom est Bilal. Mon nom de famille, Habashi. Je suis noir, noir comme la nuit. Je viens du pays d'Habasha, j'étais fils d'esclaves. Je fus conduit à La Mecque par le marchand d'esclaves alors que j'étais un jeune garçon. Mon maître m'acheta dans le bazar du vendredi à La Mecque. J'étais devenu un homme fort au cours des années où je travaillai pour mon maître. Il m'attelait tel un bœuf à une charrue et je labourais son champ. Je portais la courroie de l'age sur mes épaules et tirais la charrue, tranchant profondément la terre, lorsque je vis approcher Muhammad. Je le connaissais, avais déjà entendu son message, mais je ne l'avais encore jamais vu de près. Un esclave, derrière moi, chuchota : "C'est le Messager à la triste réputation."

« Certes, les esclaves n'avaient pas le droit de se rendre dans la cité, mais le message de Muhammad les avait tout de même atteints. On racontait qu'il invitait les gens à suivre son Allah. J'avais ouï dire qu'avec un groupe de jeunes hommes il se postait solennellement dos à la Kaaba pour rendre gloire à son Allah.

« Les esclaves parlaient de lui. Je voyais Muhammad. Je le voyais dans l'obscurité parler avec des esclaves. Soudain il se trouva devant moi.

« "Quelle belle voix tu as !" me dit-il.

« Je ne répondis rien, je regardai si mon maître avait remarqué sa présence.

« "De qui tiens-tu cette voix ?

« — Je ne sais pas.
« — Quel est ton nom ? me demanda-t-il.
« — Bilal.
« — Bilal Habashi, donc !" fit-il.

« Jusque-là, je n'avais pas de nom de famille. Je m'appelais simplement Bilal, mais Muhammad me donna un nom de famille. Habashi. Bilal du pays d'Habasha.

« "Il n'y a qu'un seul Allah, commença-t-il, tandis que je craignais que mon maître ne nous voie. Allah est le Créateur de toute chose. Devant Lui, tous les hommes sont égaux. Nous sommes tous frères ! Dans Son Royaume, il n'est fait aucune distinction entre Blancs, Noirs et Bruns."

« Les esclaves me regardaient, j'étais devenu sourd, je ne l'entendais plus. Et parce que les autres esclaves le regardaient, il se tourna vers eux et récita l'un de ses nouveaux textes coraniques :

Wa al-shams wa zohaha
Wa al-qamar idha talaha
Labbayka labbayka Allahumma
Labbayka la sharik laka labbayka.

« Ses paroles me donnèrent la chair de poule.

« "Qu'attends-tu de moi, Muhammad ? dis-je à voix basse.

« — Ta voix, Bilal. Allah ne t'a pas donné cette voix sans raison. J'ai besoin de toi. Suis-moi.

« — J'appartiens à mon maître. Je ne peux pas te suivre !

« — Tu n'appartiens à personne. Jette cette charrue à bas de tes épaules et suis-moi."

« Heureusement, mon maître apparut au loin. Muhammad disparut derrière les arbres.

« Comment jeter cette charrue à bas de mes épaules et le

suivre ? Pourquoi avait-il besoin de ma voix ? Où voulait-il m'emmener ? Je n'en dormis pas de la nuit.

« "Au paradis, dit Muhammad le jour suivant.

« — Quel paradis ?

« — Après la mort, nous retournons tous à Lui. Regarde autour de toi. Tout ce que tu vois est promis à la mort, puis renaîtra. Nous aussi nous mourons puis sommes ramenés à la vie et conduits auprès de Lui.

« — Muhammad ! Je ne comprends pas ce que tu dis. Qu'attends-tu de moi exactement ? demandai-je avec inquiétude.

« — Je reçois des textes envoyés du Ciel, dit Muhammad. Ils me sont révélés par Allah. J'attends de toi que tu prononces Ses paroles haut et fort en public. Que tu montes sur le tabouret que j'aurai posé sur le marché et que tu récites les sourates à haute voix. Que tu chantes les paroles d'Allah, que tu les fredonnes.

« — Comment donc, Muhammad ? Je suis cloué ici, cette charrue sur le dos.

« — Jette ce fer à bas de ta nuque. Allah t'a libéré. Suis-moi. N'aie crainte. Tu n'es pas le seul. J'ai de plus en plus de disciples parmi les esclaves."

« Je ne pouvais pas m'arracher à ce fer, j'étais né avec. Je ne le suivis pas et détournais la tête chaque fois que Muhammad revenait dans le champ. Et il ne m'adressa plus la parole. Six mois passèrent. J'entendais plus que jamais parler de lui. J'entendais les esclaves s'entretenir à son sujet dans l'obscurité. J'entendais les femmes esclaves fredonner ses paroles dans la nuit. Où que j'aille, j'apprenais quelque chose le concernant :

« "Muhammad et ses disciples se sont battus avec les gardiens de l'ordre sur le marché."

« “Hier, deux nouveaux jeunes esclaves ont prêté l’oreille à Muhammad.”

« “Sur le parvis de la Kaaba, un groupe de partisans a chanté les textes du Coran.”

« “Des femmes crient son nom de derrière les fenêtres lorsqu’elles le voient passer.”

« “Un groupe de femmes est monté sur le toit pour admirer Muhammad.”

« Les propriétaires terriens avaient interdit aux esclaves de lui parler. Ils lançaient leurs chiens de garde sur Muhammad lorsqu’il se montrait dans les champs.

« C’était en début de soirée. Tout à coup, je ne pus plus supporter la charrue en fer sur mon dos, je la jetai à terre et m’enfuis pieds nus vers la cité, à la recherche de Muhammad. Lorsque je le trouvai, je m’écriai : “Allah est Un et Muhammad est Son messager.”

« Muhammad posa aussitôt un tabouret sur le parvis de la Kaaba et dit : “Monte dessus. Chante à pleine voix ce que je te souffle :

Wa al-sama wa al-tariq
Wa ma adrak ma al-tariq...
Par l’astre nocturne !
L’étoile qui brille d’un vif éclat.
Que l’homme considère donc ce avec quoi il a été créé.
Il a été créé d’une goutte d’eau répandue
Sortie d’entre les lombes et les côtes.
Oui, Il a le pouvoir de ressusciter l’homme
Le jour où les secrets seront dévoilés.
Par les nuages qui se gonflent !
Par la terre qui se fend !
Le Coran est la parole décisive.” »

40

Les vierges

La voix mystérieuse de Bilal a produit l'effet escompté. Tous ceux qui l'entendaient s'arrêtaient pour écouter.

Muhammad avait engrangé un trésor. La voix de Muhammad était monotone et importune. Elle agaçait. C'était une voix agressive plutôt qu'engageante. Il était tellement enthousiaste et convaincu de son propre message qu'il en bredouillait parfois et levait en même temps les bras en l'air. Ces bras levés semaient le désordre et provoquaient le chaos dans les têtes et la cité.

Mais la voix de Bilal s'accordait bien à la prose chantante de Muhammad. Sa voix mettait mieux en valeur le message.

Lorsqu'il récitait les textes de Muhammad, personne ne bronchait. À présent que Muhammad lui-même restait au second plan, les gens entendaient ses paroles. Ils se rendaient compte que Muhammad avait quelque chose à dire. Sa prose les touchait.

Tout le monde dans la cité parlait de ce Noir, Bilal. Les jeunes venaient l'admirer. Ils en avaient assez de la corruption à La Mecque et des coutumes exécrables de leurs aïeux. Muhammad leur montrait une voie nouvelle. Il parlait d'un Allah qui faisait avancer les bateaux comme des feuilles vertes sur l'océan.

À travers la bouche de Bilal, Muhammad criait :

« Si une femme ne veut pas coucher avec vous, ne la forcez pas. »

« Les idoles sont à la solde des grands commerçants. C'est leur intérêt. »

« Hommes ! Suivez-moi ! Combattez pour Allah. Si vous mourez, vous irez au paradis où vous attendent des vierges en robe verte avec un pichet de vin et deux coupes de fruits. »

« Regardez ces montagnes. Allah les a enfoncées pour vous dans le sol comme de grands piliers afin d'éviter les tremblements de terre. »

« Regardez la lune. Allah l'a suspendue dans le ciel telle une lampe pour éclairer vos nuits. »

Personne auparavant n'avait dit de telles choses. Personne auparavant n'avait entendu de telles choses.

Lorsque Bilal se taisait, les discussions fusaient : « Allah, le Créateur de la pluie. Vous y croyez vous-mêmes ?

— Des absurdités. Muhammad prêche des absurdités.

— Au paradis, tu gagnes des putains en petite robe verte si tu suis Muhammad.

— Nos dieux sont des pierres mortes, mais l'Allah de Muhammad est une lumière alimentée à l'huile d'olive bénite. Quelles chimères ! »

Mais il y avait de la force dans son message ; il avait un goût de progrès. L'idée seule de détruire de lourdes idoles en pierre millénaires enchantait les jeunes.

Le Conseil de La Mecque était effrayé par ce développement. Abû Lahab ne voyait plus d'issue. N'ayant pas réussi à stopper Muhammad par son influence, il ourdissait à présent un complot en vue de l'éliminer.

Un jour que Muhammad se trouvait sur le parvis de la Kaaba avec un groupe de partisans et que Bilal récitait les textes, un inconnu se fraya un passage en jouant des coudes et frappa à la tête Muhammad d'une pierre. Muhammad tomba par terre, inconscient, et l'homme s'enfuit.

Omar et Ali coururent après l'homme. Abû Bakr et Othman s'agenouillèrent auprès de Muhammad. Ils essuyèrent le sang de son visage et essayèrent de lui faire boire une gorgée d'eau, mais Muhammad gisait comme mort sur le sol. Ils hissèrent le corps inerte sur l'épaule de Bilal et l'emmenèrent à la maison.

Les rumeurs se répandirent aussitôt : « Muhammad est mort ! »

« Un étranger a blessé Muhammad d'une pierre. »

« Muhammad n'est plus Muhammad. »

« C'en est fini de son Allah. »

« Muhammad s'en est allé. Il se trouve à présent en compagnie de ses vierges au paradis ! »

41

Le médecin

Tout le monde croyait que Muhammad n'avait pas survécu à l'attentat et qu'Abû Bakr, Omar et Othman l'avaient enterré en secret.

Mais Muhammad n'était pas mort, il gisait inanimé sur son lit.

Lorsqu'ils eurent conduit Muhammad inconscient à la maison, Omar verrouilla la porte de l'intérieur et ordonna : « Que personne n'entre ! Et que personne ne sorte ! »

J'étais le seul, par les toits et en escaladant les murs, à avoir le droit d'aller dehors.

Au milieu de la nuit, une grosse pierre fut jetée à l'intérieur par la fenêtre. Je me précipitai sur le toit. Quelques jeunes hommes se tenaient dans la rue, des pierres à la main.

Omar saisit aussitôt un bâton, courut seul au-dehors et les frappa si fort qu'ils déguerpirent comme des chiens sauvages apeurés.

Omar était l'homme du combat, l'homme du front. Il ne connaissait pas l'échec. Plus tard, il prit le commandement de l'armée de Muhammad. Et encore plus tard, une fois calife, il envahit l'Empire perse. Il pourchassa également le dernier roi perse jusqu'aux frontières du Khorassan.

Les lanceurs de pierre partis, Omar m'envoya chez les partisans de Muhammad : « Demande-leur à tous de venir ici monter la garde, sinon l'ennemi mettra le feu à la maison. »

Dans l'obscurité, je fis à cheval le tour de toutes les adresses que je connaissais et avertis tout le monde. Ils arrivèrent et gardèrent la maison jusqu'au petit matin.

Entre-temps, Abû Bakr avait fait venir un médecin.

Moi, Zayd, je pose un instant mon calame et ferme les yeux pour revivre en pensée cette nuit où le médecin soigna Muhammad. Muhammad gisait sur son lit les yeux clos, sa poitrine se soulevait et s'abaissait doucement.

Abû Bakr, le genou droit fléchi, tenait en l'air une lanterne afin que le médecin puisse recoudre la plaie de Muhammad.

Moi-même j'étais debout dans l'embrasure de la porte, d'où je pouvais surveiller chaque mouvement, aussi bien dans la chambre que dans la cour intérieure.

Othman prenait à son poignet le pouls de Muhammad et en indiquait les pulsations à voix basse au médecin.

Omar était agenouillé à l'extrémité du lit et massait les pieds de Muhammad pour maintenir la circulation du sang.

« Donnez-moi d'autres compresses propres », dit le médecin.

Je courus vers les domestiques : « Apportez des compresses propres.

— Comment va Muhammad ? » demanda la vieille servante noire.

Je ne répondis pas.

Le médecin examina Muhammad une dernière fois et nous montra comment conserver la plaie propre. À son départ, Abû Bakr se rendit de l'autre côté de la cour, dans la chambre de Khadija, pour lui dire que Muhammad allait déjà mieux.

Le lendemain, au lever du soleil, Muhammad ouvrit les yeux.

Je fus le premier à le voir. Les mots me manquent pour décrire mon bonheur.

42

Le Muhammad combatif

Muhammad resta alité dix jours. Puis il se leva et se mit à marcher dans la cour. Il avait maigri.

La vieille servante de la maison le dorlota en le nourrissant de riches mets. Et elle prépara des boissons fortifiantes, mélangeant du sirop de datte à du lait de jeunes chamelles. Elle fourrait aussi des figues sèches de graines brunes provenant de plantes du désert, les posait sur une assiette, les recouvrait d'un peu de miel et les servait accompagnées d'une tasse de thé frais lorsqu'il se reposait un moment dans la cour à l'ombre du mur.

Et l'après-midi, lorsque le soleil disparaissait derrière les murs de la maison et que la chaleur se retirait, elle allumait un feu de branches mortes et faisait griller des rognons de chèvre pour Muhammad. Elle les assaisonnait d'aromates parfumés, de sel, de poivre et de quelques rondelles de citron frais. L'odeur délicieuse de la viande rôtie franchissait les murs et se répandait dans la rue. Ainsi savait-on que tout allait bien dans la maison de Muhammad.

Khadija avait le sourire et, bien qu'elle ait pris de l'âge, montait et descendait gaiement l'escalier telle une jeune femme.

Dans la cité, personne ne savait quel était vraiment l'état de santé de Muhammad. On savait qu'il n'était pas mort mais on croyait qu'il ne serait plus jamais le même. Abû Bakr, Omar et Othman venaient deux ou trois fois par jour mais lui parlaient peu et ne lui racontaient rien de ce qui se passait dehors. Le médecin lui avait prescrit encore une semaine de repos forcé.

Mais Abû Bakr, Omar et Othman n'étaient pas restés inactifs. Ils avaient enquêté jusqu'à en avoir le cœur net et découvrir qui se cachait derrière l'attentat. L'homme qui voulait tuer Muhammad était un bandit engagé par l'intermédiaire d'un sbire d'Abû Lahab. Ceux qui avaient jeté des pierres en direction de la fenêtre de Muhammad avaient tous été payés par le valet de la femme d'Abû Lahab.

La période de convalescence était passée, Muhammad était rétabli et semblait plus combatif que jamais.

« Zayd, appela-t-il. Range la chambre. Emporte ce lit de malade. Je ne veux plus le voir. »

Moi, Zayd, je ne rangeai rien. Ça faisait longtemps que je n'étais plus un garçon à tout faire. J'étais celui qui veillait à ce que soient exécutées les volontés du Messager.

J'appelai donc les domestiques et leur dis : « Rangez la chambre. Emportez le lit. »

Et j'ouvris les fenêtres qui donnaient sur la cour pour aérer la chambre.

Je vis Abû Bakr, Omar et Othman parler ensemble près de la porte de la rue.

« Nous allons dans ma chambre. Fais les entrer ! » dit Muhammad.

Je les invitai à entrer, ce qu'ils firent en riant. Ils embrassèrent Muhammad sur le front, sur le visage et sur les mains et s'assirent tous les quatre en rond par terre.

Je fermai les fenêtres.

Muhammad fut le Messager !

Abû Bakr lui succéda. En tant que premier calife, il forgea de sa sagesse l'unité du pays.

Omar fit connaître l'islam à l'échelle mondiale.

Moi, Zayd, je recueillis les pensées de Muhammad et composai un livre miracle : le Coran.

Et Othman imposa au monde la lecture du Coran.

43

Le retournement

Le lendemain, je me tenais près du puits, dans la cour intérieure. Je remarquai que Muhammad était agité. Il faisait les cent pas et je vis qu'il tremblait, qu'il ne contrôlait plus ses jambes. Je compris qu'il recevait un nouvel ordre d'Allah, qu'une sourate allait lui être révélée.

Il secouait la tête, parlait entre ses dents et prononçait des bribes de phrases incompréhensibles :

« *Tabbat yada... tabbat yada*
Abû Lahab wa tabbat
Ma aghna... anhu
Ma luhu... wa ma kasaba... »

En pareils moments, je n'osais pas m'approcher de lui. Je tendis l'oreille et écoutai. J'avais parfois du mal à entendre ce qu'il disait, parfois je pouvais saisir quelques mots :

« *Tabbat yada... wa tabbat...*
Brisées... Abû Lahab
Périsse... périsse
Acquis... ne lui servent à rien
Feu ardent... corde... fibres. »

Couvert de sueur et épuisé, il chercha appui au mur.

Je courus dans la chambre, pris un drap, revins à toutes

jambes et passai le drap sur ses épaules. Le tenant par le bras, je le conduisis dans sa chambre. Je plaçai un coussin sous sa tête et le laissai s'allonger un peu.

Ensuite je fermai la porte de la rue et restai posté devant.

Demain, on apprendrait sans doute quelle sourate lui avait été révélée.

Le lendemain, la mission de Muhammad reçut une nouvelle impulsion. La Mecque ne savait pas encore ce qui l'attendait.

Abû Bakr, Omar et Othman passèrent plus tôt que d'habitude et ils parlèrent à huis clos. Je devais aller chercher les chaussures de Muhammad au marché. Lorsque je fus de retour, Omar m'appela.

Il chuchota : « Vite ! Convoque les hommes sur la place du Conseil, juste devant le bureau d'Abû Lahab. Et reste avec eux ! Attends là-bas ! »

Je sautai sur mon cheval et galopai jusqu'à l'endroit où notre crieur public, Bilal Habashi, se tenait caché de son maître.

« Rendez-vous sur la place du Conseil », lui dis-je, et je poursuivis ma route pour avertir les autres disciples.

Le soleil était haut dans le ciel lorsque nous nous retrouvâmes à soixante-treize sur la place du Conseil, face au bureau d'Abû Lahab. Les gens nous regardaient avec curiosité. Nous-mêmes ignorions ce qui devait arriver ensuite. Abû Lahab parut quelques fois derrière le rideau de son cabinet de travail.

À un moment donné, Muhammad arriva sur la place à grandes enjambées, accompagné d'Abû Bakr à sa droite, d'Omar à sa gauche et d'Othman à sa suite.

Tout le monde regarda Muhammad avec surprise. Les

gens sur la place s'écartèrent, personne ne s'attendait à le voir. Tout le monde avait cru que c'en était fini de lui. Mais Muhammad avançait le dos droit, plus coriace que jamais, vers ses disciples.

Bilal cria :

« *La ilaha illa Allah*
Muhammad rasul Allah. »

Les disciples crièrent tous ensemble :

« Il n'y a qu'un seul Allah
Et Muhammad est Son messager. »

Omar posa le tabouret. Muhammad monta dessus, pointa l'index vers la fenêtre d'Abû Lahab et cria :

« *Tabbat yada Abû Lahab wa tabbat...*
Que les deux mains d'Abû Lahab soient brisées
Et que lui-même périsse !
Ses richesses et tout ce qu'il a acquis ne lui servent à rien.
Il sera exposé à un feu ardent
Ainsi que sa femme, porteuse de bois
Dont le cou est attaché par une corde de fibres. »

Omar prit une pierre et la jeta à travers la fenêtre d'Abû Lahab.

Un frisson parcourut La Mecque. Muhammad avait décoché sa flèche en plein cœur du pouvoir.

44

Les disciples

À présent, Muhammad avait besoin d'être sous protection constante.

Abû Bakr suggéra l'idée.

Othman la concrétisa.

Et Omar la mit à exécution.

La maison de Muhammad fut ainsi gardée jour et nuit par des disciples solidement charpentés. Et Omar interdit désormais à Muhammad d'aller où que ce soit seul.

Omar me prit à part et me dit : « Écoute, Zayd, Muhammad ne doit aller nulle part seul. Si cela arrive malgré tout, tu auras de gros ennuis. Compris ?

— Compris », répondis-je.

Lors de la réunion suivante, Othman prit la parole : « La cité est sur le qui-vive. Tout le monde attend la prochaine action. »

Omar dit : « Le temps est venu de nous adresser à l'ensemble de la population. »

Abû Bakr dit : « Le Conseil est piqué au vif, ils vont intervenir avec violence à présent que nous nous en sommes pris à Abû Lahab. »

Muhammad se taisait et écoutait.

« Qu'en penses-tu, Muhammad ? demanda Othman.

— Tu as raison, Othman, répondit Muhammad. La cité attend la prochaine action. Nous sommes entrés dans une nouvelle phase. Le temps du tabouret est révolu. Nous devons convaincre la cité entière. Nous devons concevoir des plans d'action en vue de nous emparer de la Kaaba. Nous ignorons quand ce sera réalisable, seul Allah le sait. Nous avons fait le premier pas. Il s'agit maintenant de faire le deuxième ! »

J'allai chercher de l'eau de rose sucrée et des fruits.

Lorsque je revins, les hommes se promenaient dans la cour. Je posai le pot d'eau sucrée et la coupe de fruits sur le banc, sous le vieil arbre.

Je ne pus assister à la deuxième partie de la conversation car Muhammad m'avait demandé de me rendre chez Bilal. Son maître avait trouvé sa cachette et l'avait fait passer à tabac. On l'avait cloué au sol sous le soleil brûlant.

Il était resté ainsi une journée entière jusqu'à ce que l'un de ses amis soit venu le libérer.

Khadija avait mis dans un panier des fruits, du jus, de la viande grillée, des figues sèches, du fromage de chamelle, des noix, une chemise et une paire de chaussures neuves pour Bilal. Je pris le panier et chevauchai jusque chez Bilal, porteur d'un message de Muhammad : « Ne sois pas affligé, Bilal. Allah t'a vu ! »

La violence s'était intensifiée. Bilal n'était pas le seul à avoir été battu presque à mort. Le Conseil avait engagé une bande de malfaiteurs qui s'introduisaient chez les disciples de Muhammad à la faveur de la nuit, tabassaient tout le monde et cassaient tout.

Les disciples se lamentaient auprès de Muhammad qui chaque fois leur répondait : « Prenez patience ! »

Ils pressaient Muhammad de les autoriser à user eux-mêmes de violence pour se défendre, mais Muhammad les en dissuadait : « Montrez-vous patients. Je n'ai pas encore reçu d'ordre d'Allah d'user de violence. »

Cependant Omar s'impatientait vraiment, il éleva la voix : « On ne peut pas continuer comme ça, Muhammad. À bas cette mollesse ! Tu n'es pas Jésus qui, lorsqu'on le frappait, tendait l'autre joue. Prends la décision. Produis un nouveau message. Rendons les coups quand on nous frappe. »

La pression se faisait de plus en plus forte sur les épaules de Muhammad. Je le voyais marcher dans la cour, les mains dans le dos, et réfléchir.

45

L'avertissement d'oncle Tâlib

Il était tard dans la nuit lorsque quelqu'un frappa à la porte. Je pris le flambeau et regardai par le judas. C'était Tâlib, le père d'Ali.

J'avertis d'abord Muhammad, puis je fis entrer Tâlib. Je compris que c'était urgent, sinon il ne serait pas devant la porte en pleine nuit.

Muhammad l'embrassa et tout de suite ils s'assirent.

J'allai chercher une cruche d'eau et deux verres, et m'agenouillai par terre, derrière Muhammad. Je regardai et écoutai.

« Muhammad, je suis un père pour toi, dit Tâlib. Je t'en supplie. Parle avec Abû Lahab. Ils vont te massacrer. Et je ne suis plus en mesure de te protéger. Allons demain matin chez Abû Lahab, avant qu'il ne soit trop tard.

— Vous êtes venu me dire cela. Vous l'avez dit et je l'ai entendu, répondit Muhammad.

— Écoute, mon fils. Ils sont en train de tramer des plans ignobles. C'est pourquoi je suis venu aussitôt. Muhammad, je le répète, je ne peux plus te protéger. Parle maintenant avec Abû Lahab.

— Je n'ai pas reçu cet ordre d'Allah, mais j'en ai reçu un autre, répondit Muhammad.

— Lequel ? demanda Tâlib, inquiet.

— Demain matin, vous le saurez », dit Muhammad.

Puis il baisa la main de son oncle et le reconduisit au-dehors. Il voulut faire un bout de chemin avec lui mais je l'en empêchai : « Omar l'interdit. Vous restez à l'intérieur, c'est moi qui reconduis oncle Tâlib. »

Muhammad rentra et j'accompagnai Tâlib jusqu'à la place du marché.

De retour à la maison, je fermai bien la porte à double tour et allais pour rejoindre ma chambre lorsque Muhammad m'appela.

Je me retournai ; il se tenait dans l'obscurité près du puits. Je m'avançai vers lui. Il chuchota : « Vite ! Va chez Bilal et dis-lui ça : “Tôt demain matin, avant le lever du soleil, tenez-vous prêts, tes hommes et toi, sur la place du marché. Nous allons gravir le mont Safa.” »

À cheval, je quittai la cité et me rendis à l'endroit où vivaient Bilal et le disciple Yasser. Je ne lui demandai pas comment il allait, ni s'il en était capable, ni si ses blessures étaient guéries ou non, je n'étais pas là pour ça, je n'étais là que pour transmettre un message. Je sautai de cheval, courus à l'intérieur, embrassai Bilal et chuchotai les paroles mêmes que Muhammad avait chuchotées à mon oreille : « Tôt demain matin, avant le lever du soleil, tenez-vous prêts, tes hommes et toi, sur la place du marché. Nous allons gravir le mont Safa. »

Puis je rentrai au grand galop à la maison.

46

Les nouveaux disciples

De très bonne heure, j'étais sur le toit à épier l'arrivée d'Abû Bakr, d'Omar et d'Othman. Dès que j'aperçus dans le lointain la silhouette de trois cavaliers, je criai à Muhammad : « Les voilà ! »

Je me dépêchai de descendre pour sortir son cheval de l'écurie.

Muhammad but une gorgée d'eau à même le seau du puits et jeta le reste dans la fosse où s'abreuvaient les chevaux. Je lui tendis la bride de son cheval. Lorsque ce dernier eut bu, nous sortîmes rejoindre Abû Bakr, Omar et Othman qui nous attendaient.

J'avais vu que Muhammad portait des chaussures et des vêtements neufs. J'assortissais toujours ma tenue à celle de Muhammad. C'est pourquoi j'avais mis en vitesse mes chaussures neuves.

Muhammad me les avait achetées un jour. Les chaussures que portaient la plupart des Arabes étaient en cuir de chameau et quelque peu rigides. Mais Muhammad avait des chaussures en cuir de vache, tout comme les Perses.

Elles étaient solides et élégantes et on les graissait à l'aide d'une substance noire.

Je cirais les chaussures de Muhammad avec amour. Au retour d'un de ses longs voyages, il m'avait rapporté du Hedjaz une paire de ces chaussures perses en cuir de vache, mais elles étaient trop grandes de plusieurs pointures.

« Elles ne sont pas pour maintenant, m'avait dit Muhammad. Mais pour plus tard, lorsque tu seras devenu un homme. »

Elles m'allaient depuis cette année seulement. C'étaient des chaussures élégantes de couleur mordorée. À vrai dire, je trouvais dommage de marcher avec mais, lorsque j'allais à cheval, je les portais.

La première fois que je les avais mises, Muhammad m'avait taquiné : « Zayd, ôte tes chaussures ! Les chiens de La Mecque vont te mordre sinon. Ils vont croire que tu es une vache perse. »

À présent je chevauchais, mes chaussures neuves aux pieds, derrière Muhammad, Abû Bakr, Omar et Othman. Ils se dirigeaient en silence vers la place du marché, où Bilal et les autres disciples les attendaient.

J'entendis, de loin déjà, les hommes rassemblés sur la place. Le groupe ne cessait de grossir. Rien que de jeunes esclaves, de jeunes Arabes, mais aussi quelques hommes appartenant au clan de Muhammad. Les hommes dont le cœur avait été touché par le message de Muhammad. Et des rebelles qui en avaient assez du vieux pouvoir.

Muhammad savait ce qu'il faisait, mais les disciples s'étaient lancés dans une aventure dont ils ne connaissaient ni l'étape suivante ni où elle s'arrêterait.

Il y avait aussi beaucoup de gens qui voulaient rejoindre le mouvement de Muhammad sans oser encore.

Muhammad avait surtout de nombreux disciples anonymes parmi les femmes. Mais elles ignoraient comment le soutenir. Dans toute l'histoire arabe, jamais on n'avait fait cas des femmes. Elles n'étaient rien, et les hommes avaient honte d'avoir des filles.

Muhammad proclamait : « Arrêtez ! Arrêtez d'humilier les femmes ! Le paradis s'étend aux pieds des mères. »

Et les femmes l'avaient entendu.

Mais le chemin était encore long avant que les femmes et en particulier les femmes esclaves puissent soutenir ouvertement Muhammad.

À présent, un groupe d'environ soixante-quinze hommes se trouvait réuni sur la place. J'entendais leurs voix assourdies et distinguais la silhouette de Bilal.

« Va chercher Bilal ! » dit Muhammad.

Je m'exécutai. Muhammad descendit de cheval, serra la main de Bilal et lui donna des instructions.

Puis il se dirigea vers les autres partisans et serra la main de chacun : « *Salam alaykoum. La ilaha illa Allah.* »

Laissant les hommes avec Bilal, il partit avec Abû Bakr, Omar et Othman en direction du mont Safa.

« Tu restes avec Bilal », me dit Muhammad.

J'obéis.

47

Les habitants de La Mecque

Nous attendions sur la place du marché, mais j'ignorais quoi.

Je surveillais Bilal des yeux. À un moment donné, il appela le groupe à se rassembler autour de lui. Bilal leur dit quelque chose qui m'échappa. Puis les hommes levèrent la tête vers le ciel. Ce qu'ils répétèrent quelques fois. Je crus que quelque chose viendrait peut-être du ciel, que les anges de Muhammad descendraient ou qu'Allah se montrerait à l'aube de ce matin-là, mais je me trompais. Ils attendaient le soleil, les premiers rayons du soleil. Et que les gens soient réveillés et sortent de leurs maisons pour se rendre à leur travail.

Peu après surgirent les premiers rayons du soleil. Les gens apparurent dans les rues, mais ce n'est que lorsque je les vis marcher en direction du parvis de la Kaaba avec des chèvres et des plats cuisinés que je compris que c'était aujourd'hui la fête du Sacrifice. Le Vendredi saint, jour où tous les magasins étaient fermés et où les gens apportaient leurs offrandes personnelles à la grande déesse Al-Uzza, dans la Kaaba.

Tout à coup, Bilal se tourna vers les passants et cria de toutes ses forces :

« *Ya Sahaba ! Ya Sahaba !*

« Habitants de La Mecque !

« Muhammad, le Messager, vous invite tous sur le mont Safa. »

Puis, fendant la foule, il marcha en direction de la Kaaba accompagné des autres disciples tandis qu'ils criaient :

« Allah. Allah.

« *La ilaha illa Allah.*

« Venez avec nous sur le mont Safa ! »

Leur action inattendue me fit sursauter ; je tremblais d'anxiété. Surpris, les gens avec leurs chèvres s'écartaient et regardaient les disciples de Muhammad aux textes coraniques mélodieux.

Mais je me demandais pourquoi ils ne cessaient de crier « *Ya Sahaba ! Ya Sahaba !* », car on criait cela seulement lorsque la cité était confrontée à un danger pressant ou lorsqu'un ennemi, à l'aube, s'apprêtait à l'envahir.

C'est pourquoi les gens se regardaient, troublés : « *Ya Sahaba ?* Le mont Safa ? »

Le coup stratégique de Muhammad avait allumé la fièvre dans La Mecque. C'était un avertissement déconcertant. Tout le monde savait que la guerre était interdite durant la fête du Sacrifice. Toutes les tribus qui au cours de l'année étaient en conflit les unes avec les autres déposaient les armes à l'occasion de cette fête pour faire, en paix, des sacrifices à leurs divinités.

Qu'entendait Muhammad par ce message ? Contre quel ennemi voulait-il mettre en garde les habitants de la cité ?

Il n'aurait pas pu imaginer meilleur jour pour inviter les habitants de La Mecque à se rendre sur le mont Safa.

C'était une action contre la tradition immémoriale qui exigeait le calme. Une action qui éveillait la curiosité :

« Allons donc voir sur le mont Safa ce que Muhammad a à dire. »

Même les esclaves étaient libres de circuler dans la cité comme des citoyens ordinaires.

Les chiens aboyaient, les ânes s'écartaient, les chèvres faisaient du bruit, les coqs sautaient par-dessus les murs, les enfants couraient derrière les disciples en criant : « *Ya Sahaba ! Ya Sahaba !* » Les femmes se précipitaient au-dehors et les esclaves, qui depuis longtemps attendaient de rencontrer Muhammad, prenaient le chemin du mont Safa.

48

Muhammad sur le mont Safa

Des centaines de gens gravissaient la montagne. Et au sommet se tenait Muhammad, un porte-voix en cuivre à la main, dans lequel il parlait.

À présent qu'il faisait jour, je voyais mieux. Muhammad était vêtu d'une longue tunique arabe, mais n'avait pas noué de tissu en coton autour de sa tête. Il avait les cheveux flottants, longs, jusqu'aux épaules, toujours noirs, mais sa barbe était devenue grise. À présent qu'il se tenait sur cette hauteur, une plus grande force émanait de lui et il ressemblait à un vrai messager.

Il se tourna vers les gens.

« Habitants de La Mecque ! Si je vous dis qu'il se cache ici derrière cette montagne une armée prête à envahir la cité, me croyez-vous ou ne me croyez-vous pas ? »

Personne ne répondit, tout le monde le regardait en silence.

« Au nom d'Allah, je m'adresse à vous.

« Vous :

« Tribu d'Abd al-Muttalib !

« Tribu d'Abd Manaf !

« Tribu de Banû Zuhrah !

« Tribu de Banû Tamim !

« Tribu de Banû Makhzûm !

« Tribu de Banû Asad !

« Sachez qu'Allah m'a donné l'ordre de vous avertir du châtiment qui vous attend.

« Abjurez les idoles et servez Allah.

« Dites : "*La ilaha illa Allah.*"

« Juste ça. Je ne demande rien de plus.

« Je ne suis qu'un messager.

« J'ai reçu pour ordre d'Allah de vous réunir ici afin de vous dire la chose suivante : "Une puissante armée, l'armée d'Allah, se tient derrière cette montagne pour vous punir de la façon dont vous traitez vos esclaves, de la façon dont vous traitez vos femmes, de la façon dont vous traitez vos filles nouveau-nées."

« Je dois vous dire ceci : "Vos idoles ne sont rien. Ce sont des statues de pierre impuissantes. Tournez-leur le dos. Avec l'appui d'Allah, je les briserai toutes à coups de marteau et les jetterai. Puis je nettoierai le sol de la Kaaba pour Allah." »

Ce fut le chaos sur la montagne. Dans l'histoire du monde arabe, personne jusqu'à présent n'avait tenu en public des propos aussi durs, aussi offensants sur les idoles. Comment Muhammad osait-il parler de manière aussi grossière des dieux de leurs ancêtres ?

Certains étaient furieux, voulaient se jeter sur Muhammad, mais c'était interdit. C'était la fête du Sacrifice et il était interdit de frapper qui que ce soit.

Les jeunes savouraient cette tension, l'espoir brillait dans leurs pupilles à l'écoute des paroles décapantes de Muhammad : « Oubliez les idoles ! Tournez-vous vers Allah, le Créateur de la pomme ! »

On débattait intensément. Pour certains, c'était une imposture, pour d'autres, Muhammad était en effet devenu un danger. D'autres encore se sentaient soulagés.

Les yeux des esclaves pétillaient d'espoir : « Oh ! quelle journée ! »

Tout à coup surgit un groupe de forces de l'ordre à dos de mulet. Ils dégainèrent leurs épées et partirent à la recherche de Muhammad.

« Honte à vous ! Aujourd'hui, c'est la fête du Sacrifice », leur criaient les femmes.

Mais les agents avaient été chargés par Abû Lahab d'arrêter Muhammad pour le désordre causé durant la fête sainte.

Ils ne le trouvèrent pas car Omar l'avait aussitôt fait monter sur son cheval et conduit en lieu sûr.

49

Djahid, le poète

Muhammad était déjà l'auteur d'un nombre considérable de textes. Et il continuait à produire de nouvelles sourates.

Les disciples apprenaient sa prose par cœur, gravaient les textes sur du bois ou sur des os de chameau et les emportaient partout.

Si les femmes et les esclaves acceptaient ces textes coraniques comme des paroles d'Allah venues tout droit du ciel, les poètes et les savants considéraient d'un autre œil les « fables » de Muhammad. Les poètes de La Mecque à la réputation établie ne voulurent d'abord rien savoir de Muhammad. Mais maintenant que lui et ses disciples étaient omniprésents dans la cité et que chaque fois il montait sur un tabouret pour dévoiler un nouveau texte, ces poètes se sentaient de plus en plus acculés à exprimer leur opinion quant aux textes coraniques de Muhammad :

« Pas mauvais. »

« Son style est vraiment biscornu. »

« Il ne fait pas de la poésie mais de la politique. »

« C'est un voleur. Un plagiaire. Il pille les histoires de la Torah. »

« Le prophète des femmes. Il les abuse. »

Tandis que je m'escrimais avec les textes du Coran, j'ai découvert une curiosité. Muhammad pouvait concevoir des phrases puissantes et ses mots vous donnaient la chair de poule. Mais sa pensée était chaotique. Il était incapable de structurer ses récits. Je l'ai fait pour lui dans son Coran. Muhammad ne pensait pas de manière chronologique. Son esprit sautait allègrement d'un sujet à l'autre.

Cela a facilité mon travail. Personne ne sait quoi que ce soit de ma méthode. Puisse Allah récompenser Son serviteur Zayd pour la rigueur de son approche.

Au cours d'une nuit de poésie dans le désert, j'entrai en conversation avec le philologue Djahid ibn Qasim. Nous fîmes une promenade sous le ciel noir étoilé. Et je lui parlai de l'aspect chaotique des textes de Muhammad. Djahid dit une chose à laquelle je n'avais jamais pensé. Je me sentis soudain tout petit lorsqu'il exposa sa vision sublime.

« Zayd, tu te trompes, dit-il. Je ne vois dans sa langue rien de chaotique, mais l'expression d'un nouveau mouvement dans la langue arabe. Je compare sa prose à des grappes de dattes qui se balancent en haut des arbres. Muhammad raconte quelque chose, mais interrompt son sujet en cours de route et se met à parler d'autre chose. Exactement comme une grappe de dattes qui se ramifie tout en restant entière et en formant une unité. »

Je ne m'étais pas attendu à cette vision et demandai : « Une unité, c'est-à-dire ? Donne-moi un exemple.

— Prends le chapitre "La table servie", répondit Djahid après avoir réfléchi un instant. Muhammad commence par le bétail, puis passe à la Trinité, puis parle du vin, puis des jeux de hasard, puis il met l'accent sur Marie, puis règle leur compte aux juifs, puis entre au paradis, puis marche vers l'enfer et revient alors à la table, à Jésus. Autant de rameaux d'une même grappe. »

Je me tus.

50

Adnan al-Makki, le relieur

Récemment, j'ai fait la connaissance d'un poète, Adnan al-Makki, un homme d'environ quarante ans. Je l'avais entendu parler dans un cercle de poètes mecquois. Il faisait une critique subtile du Coran. Je sentais qu'il avait plus à dire, mais qu'il n'osait pas le faire en public. J'attendis le moment approprié pour aller le voir. Je le trouvai derrière le comptoir d'un atelier de reliure. C'était sa propre entreprise et il y avait là une cinquantaine d'employés qui, pour lui, travaillaient à recopier des textes sur parchemin, à les orner, à découper le parchemin.

Al-Makki me reconnut pour m'avoir vu à la rencontre poétique mais ignorait qui j'étais. J'attachai la bride de mon cheval à l'arbre près de son magasin, me dirigeai vers le poète et le saluai.

Il croyait que je venais pour une commande, mais je lui dis que son discours m'avait captivé. Je lui demandai si je pouvais l'inviter à déjeuner au marché.

« Puis-je savoir qui m'invite à déjeuner ? répondit Al-Makki.

— Je m'appelle Zayd et j'écris.

— Sur quoi portent tes écrits, Zayd ? demanda Al-Makki.

— Je suis le rédacteur du Coran. Je suis le chroniqueur de Muhammad. »

Lorsqu'il entendit cela, il sembla comme frappé par la foudre. Il me dévisagea un instant, médusé. Nous n'échangeâmes pas un mot de plus. Il mit son manteau et nous partîmes manger ensemble tels deux amis qui se connaissent depuis toujours.

À la taverne L'Olivier, nous nous assîmes sur un banc à l'ombre du vieil arbre.

Après avoir causé de choses et d'autres, il me dit : « J'ai un problème fondamental avec l'Allah de Muhammad dans le Coran. Il me dérange. Il ne parle que de Lui. C'est un Allah égoïste, un Créateur infatué. Il veut toujours qu'on Le loue : "Chantez Mes louanges ! Inclinez-vous devant Moi ! Adorez-Moi jour et nuit ! Prosternez-vous devant Moi ! Implorez-Moi ! Si vous ne le faites pas, Je vous réduis en cendres ! Je déverse sur vous du cuivre bouillant !" Il exige tellement d'attention, comme s'Il en avait perpétuellement manqué. Toujours Je, Je, Je et encore Je. Et Il n'a pas l'air de vouloir S'arrêter. »

Je ne réagis pas à ses affirmations, ce n'était pas mon rôle. Mon devoir est de mettre par écrit les opinions des autres sur Muhammad. Mais j'appréciais Al-Makki et souris en l'entendant parler librement d'Allah et de Muhammad.

« L'Allah de Muhammad prétend partout dans le Coran qu'Il a créé l'homme à la hâte. Il insiste sur le fait que Sa créature est faible. Il admet que Sa création préférée est vulnérable et limitée. Néanmoins, Il se venge sur l'homme lorsque celui-ci échoue à comprendre des concepts aussi difficiles à saisir qu'"Allah".

« Il place Son être humain dans une position inhumaine. Il fait de Muhammad Son messager sans lui fournir aucune preuve, aucun miracle. Et Il s'attend à ce que tout le monde accepte Son messager. Pourquoi a-t-Il rendu la tâche aussi difficile à Muhammad ? Avec une preuve, tout ce battage n'eût jamais été nécessaire.

« Ah là là ! Ses menaces me sont insupportables. Surtout Son enfer. Il fait brûler les hommes. Les fait pendre la tête en bas. Alors que c'est Lui qui a créé l'homme si faible. »

Les mets avaient du goût en compagnie d'Al-Makki ; contrairement à beaucoup d'autres, il avait lu le Coran, et bien lu.

« J'appréciais Muhammad de son vivant, dit-il. Et ce sentiment s'est intensifié à présent qu'il est mort. J'admire son imagination. Reste à savoir comment il a su transformer le monde avec tant d'idées bizarres. Il prétendait être un messager s'inscrivant dans la lignée des prophètes Ibrahim, Ismaël, Moïse et Jésus. Il prétendait qu'il n'y avait pas de différence entre le Dieu de Jésus et Allah, mais il savait que ce n'était pas vrai.

« Muhammad en était malade lorsque les prêtres se signaient.

« Allah a aussitôt rejeté la sainte Trinité de la Bible.

« Dans le Coran, il est bien mentionné mille fois : “Allah est Un. Il n'a pas été engendré et Il n'engendre pas.” Allah n'a donc pas de Fils. Qui prétend le contraire, on lui coule du fer en fusion dans la bouche. Muhammad est un prophète terrestre. Une belle personne, messager d'un Allah qu'il a lui-même inventé.

« Muhammad est un homme dur, au cuir tanné sous le soleil de plomb.

« Il dit : “Si on vous frappe, rendez les coups !”

« Muhammad aimait les femmes, surtout les jeunes, alors que Jésus montre rarement du désir pour elles. Il y a fort à douter qu’il en ait jamais embrassé une, tandis que Muhammad en a dévoré quantité. Muhammad est un goûteur, un jouisseur tandis que Jésus souffre.

« Marie est une honte pour Allah. Comment a-t-elle pu tomber enceinte comme ça, tout à coup ? Qu’est-ce que je ris lorsque je lis la sourate “Marie” ! Allah qui envoie Gabriel sur terre sous les traits d’un bel homme pour corriger la faute de Dieu ! Gabriel qui séduit Marie derrière les dattiers et la met enceinte !

« Le Dieu de Jésus n’a rien en commun avec Allah.

« Dieu tolère ce passage dans l’Ancien Testament :

> Que tu es belle, ma compagne, que tu es belle !
> Tes yeux sont des colombes derrière ton voile.
> Tes dents sont comme un troupeau de brebis tondues.
> Tes lèvres sont comme un fil d’écarlate.
> Tes deux seins sont comme deux faons en train de paître parmi les lis[1].

« Splendide, mais pour Allah c’est une page à déchirer, à froisser en boule et à jeter : “Obscène !” »

Ce fut un plaisir de manger en compagnie du poète Adnan al-Makki à l’heure du déjeuner, sous un vieil olivier.

1. La Bible, Ancien Testament, t. II, « Bibliothèque de la Pléiade », Cantique des Cantiques IV, 1-5.

51

Hassan ibn Hadi, l'astronome

Il ne faut pas croire que j'allai voir seulement les admirateurs de Muhammad ; je me rendis aussi chez ceux qui se faisaient une tout autre image de lui, de son Coran et de son Allah. Certains d'entre eux le considéraient comme un menteur, d'autres comme un homme doué d'une imagination fertile.

Je rendis visite à l'astronome Hassan ibn Hadi ibn Ibrahim. Il habitait à l'extérieur de La Mecque, dans un bâtiment singulier surmonté d'une coupole bleu nuit qui représentait la voûte céleste. Entouré de ses élèves, il étudiait là le soleil, la lune et les étoiles.

Il montra à la fois prudence et audace : « Je ne dis pas que Muhammad mentait. Il était plutôt ignorant. Et ça se répercutait aussi sur Allah. Muhammad ne comprenait pas comment était fait le monde. Ce qu'il disait était inexact.

« Je ne comprends pas non plus comment est fait le monde, mais je la boucle. Je regarde et me tais.

« Muhammad parlait avec conviction du soleil, de la lune et des ombres. Mais il avait tout faux. Il croyait que les ombres s'inclinaient devant Allah. C'est une erreur.

Il était incapable de faire un lien entre le soleil, l'arbre et l'ombre. Il les voyait tous comme des éléments indépendants. C'est inexact. Et il dit partout dans ses récits : “Allah est omniscient.”

« Mais l'Allah de Muhammad est ignorant !

« Il dit : “Le ciel repose sur des piliers.”

« D'où sort-il ça ? Quels piliers ? Pourquoi mes élèves ne les rencontrent-ils pas durant leurs observations ? Là aussi, c'est inexact. Ton maître était ignorant, Zayd. Son Allah de même. »

Lorsque je sortis mon cheval de l'écurie, Hassan ibn Hadi m'interpella encore une fois : « Zayd ! Mais j'admire ton maître. C'est un miracle que malgré tant d'ignorance il ait produit un Livre capable de changer la carte du monde. »

52

Talha, le maréchal-ferrant

Cinq ans après le début de sa mission, Muhammad avait engagé la vraie confrontation. Le Conseil de La Mecque le voyait à présent comme un danger pressant. Les gardiens de l'ordre rouaient de coups tous les disciples de Muhammad qu'ils croisaient sur leur chemin.

Les esclaves furent les premières victimes de cette nouvelle vague de violence. Lorsque les agents découvraient qu'un esclave s'était enfui de la ferme de son maître pour rejoindre Muhammad, ils partaient à sa recherche et l'appréhendaient brutalement.

Les rues de La Mecque étaient devenues le théâtre de conflits entre forces de l'ordre et disciples de Muhammad. Les agents frappaient les disciples de leurs longs bâtons. Mais ces derniers n'avaient pas encore reçu l'autorisation de Muhammad de riposter. Ils avaient tout juste le droit de se défendre à mains nues.

Pour pouvoir décrire avec précision cette période mouvementée, je partis à la recherche de Talha, l'homme qui organisa la protection des disciples contre cette violence. Talha était un jeune Arabe talentueux, intelligent et rusé. Après l'action sur le mont Safa, il eut l'occasion de prouver ses véritables qualités. Plus tard, il devint à Médine l'un des plus grands généraux de l'armée islamique.

Je me souviens encore avec précision du jour où il se présenta à Muhammad. C'était il y a un quart de siècle.

On frappa. Je regardai par le judas. Un beau jeune homme aux yeux noirs, cheveux coiffés, portant un élégant manteau en coton et un poignard à sa ceinture, se tenait devant la porte.

« Mon nom est Talha. Je viens voir Muhammad, le Messager. »

D'abord je ne le reconnus pas, puis je vis qu'il s'agissait du maréchal-ferrant Talha.

« Veuillez attendre une minute », dis-je.

Je courus jusqu'à la chambre de Muhammad : « Talha est à la porte.

— Quel Talha ?

— Talha, le maréchal-ferrant le plus connu de La Mecque.

— Que veut-il ? demanda Muhammad.

— Il dit qu'il veut parler avec le Messager. »

Muhammad sourit : « Fais-le entrer. »

Je menai Talha auprès de Muhammad, qui lui tendit joyeusement la main et dit : « Talha, le maréchal-ferrant. Celui qui ferrera les milliers de sabots de nos futurs chevaux. »

Talha inclina la tête en silence et serra la main de Muhammad dans les siennes.

« Du thé ! » lança Muhammad.

Je me précipitai à la cuisine : « Deux thés dans des verres à bordure dorée, ordonnai-je au chef des domestiques. Et une petite assiette de dattes fraîches sur un plateau en argent. »

J'apportai moi-même le thé dans la chambre. Et, comme

de coutume, je servis d'abord l'invité. Je posai le thé de Muhammad sur sa table et restai debout derrière lui à quelque distance sans mot dire.

Talha avait souvent entendu Muhammad sur le marché. Il avait conservé ses textes à la maison.

« Je n'arrive plus à dormir, dit Talha. J'entends continuellement une voix répéter vos paroles dans ma tête. »

Et il récita un texte court :

« Quand le soleil sera obscurci

Quand les étoiles seront ternies

Quand les montagnes seront en marche

Quand les chamelles prêtes à mettre bas seront négligées

Quand les bêtes sauvages seront rassemblées

Quand les mers seront vidées de leurs flots

Quand on demandera à la fille enterrée vivante pour quel crime elle fut tuée

Quand le ciel sera déchiré

Je jure par les étoiles qui disparaissent une à une dans l'obscurité

Par la nuit quand elle finit

Par l'aube quand elle se lève

Ceci est la parole d'un noble messager.

Et il n'est pas fou. »

Ensuite, Talha s'agenouilla devant Muhammad et dit : « Je témoigne que Muhammad est un noble messager. »

C'est ainsi que Talha rejoignit Muhammad et devint l'un de ses plus importants disciples. Il est l'homme qui rendit tout possible. Ni plus, ni moins. Je partis à la recherche de ce Talha pour lui donner la parole.

53

Une opération éclair dans la Kaaba

Talha me reçut chez lui. Il était devenu vieux. Il ne se battait plus au front mais était le grand conseiller militaire d'Othman, le troisième calife.

Sa maison ressemblait à un château et il se déplaçait dans un carrosse tiré par quatre chevaux, qui étincelait telle une grosse pépite d'or sous le soleil écrasant de La Mecque. Son carrosse était toujours escorté d'une garde royale.

Le chef des gardiens de sa maison me fit entrer.

Talha ouvrit grands les bras et m'étreignit : « Zayd ! Mon vieil ami. Quel bonheur de te voir ! Que me vaut cette soudaine visite ?

— Muhammad s'en est allé. Moi pas encore, répondis-je. J'ai encore une grande action à accomplir avant de le suivre.

— Raconte », me dit-il, et il m'emmena dans ses appartements et m'invita à m'asseoir sur un sofa garni de coussins.

Le domestique apporta des fruits, des friandises et des boissons.

« Talha, te souviens-tu des événements qui ont suivi le

moment où tu as quitté ta forge pour rejoindre le mouvement de Muhammad ?

— C'était une belle époque. J'étais jeune, enthousiaste et en quête. Muhammad brûlait comme un flambeau dans la nuit. Ses récits m'occupaient l'esprit depuis un certain temps déjà, dit Talha. Les paroles de Muhammad me détournaient de mon travail. Je posai mon marteau de forgeron et partis à sa recherche. Après cette première rencontre, j'eus une conversation en tête à tête avec lui. Il me dit : "Nos disciples sont très vulnérables. Ils ont peur désormais face au déchaînement de violence. Les esclaves, surtout, craignent les représailles contre leurs familles. Nous devons nous y prendre autrement. Nous avons besoin de quelques hommes rapides capables de mener des opérations éclair et de s'enfuir aussi vite. Il faut que ces opérations soient menées en des endroits stratégiques. Et que les hommes agissent vite, de sorte que les forces publiques ne les attrapent pas. Peux-tu t'en charger ?"

« Après avoir réfléchi un instant, je répondis : "Je m'en occupe."

« J'eus ainsi douze hommes à mes ordres, avec qui nous élaborâmes des plans. Pour la première opération, je choisis la Kaaba. Auprès des idoles, lieu dont aucun agent ne pouvait s'approcher.

« J'avais d'abord fait part de l'idée à Muhammad, qui l'approuva d'un sourire.

« Nous optâmes pour un vendredi après-midi, parce que les gens avaient alors l'habitude d'aller à la Kaaba.

« Nous – mes douze hommes et moi – portions des chaussures légères en cuir de chameau et de larges pantalons blancs. Nous pénétrâmes séparément dans la Kaaba. Depuis mon enfance déjà, je m'y rendais avec mon père et nous y faisions des sacrifices : chèvres immolées, plats préparés, aromates, or et fines étoffes. Nous allumions des bougies et nous agenouillions devant l'idole de notre tribu. Il y avait toujours beaucoup de monde et ça sentait bon les épices consacrées. Les membres des différentes tribus psalmodiaient devant leurs propres idoles. Cela produisait sur moi une impression incroyable. Surtout les grandes idoles parées d'or, de perles et de satin. Mais à présent que j'étais à l'intérieur avec mes hommes, je voyais tout soudain sous un autre jour. Je regroupai mes hommes et nous nous mîmes à réciter par surprise une courte sourate du Coran :

Allah as-samad
Lam yalad
Wa lam yulad
Wa lam...
Dis : Allah est Un.
Allah est éternel.
Il n'a pas été engendré et Il n'engendre pas.
Et il n'y a personne pour L'égaler.

« Aussitôt après, nous nous refondîmes dans la foule. Cette opération éclair qui avait brisé le saint silence régnant dans la Kaaba effraya tout le monde.

« Mais les gens n'étaient pas encore remis de leur frayeur que nous nous rassemblâmes à nouveau pour crier en chœur :

Al-Rahman al-rahim
Malik yaum al-din...
Allah est grand
Allah est miséricordieux
Allah est le Seigneur de l'univers
Allah est le Créateur des étoiles.

« Personne ne savait quoi faire. De mémoire d'homme, depuis le temps où le prophète Ibrahim avait posé la première pierre de la Kaaba, la pierre d'angle, personne n'avait jamais élevé la voix dans la Kaaba. Il était arrivé une chose inconcevable. Les gens se regardaient, désappointés. Et aucun agent n'osa fouler ce lieu saint.

« Nous nous produisîmes ainsi une fois encore avant de disparaître un à un, sans que quiconque ne comprenne qui nous étions.

« La nouvelle ébranla La Mecque : "Les hommes de Muhammad ont crié 'Allah' dans la Kaaba." »

54

Les bâtons pointus

« Cette nouvelle méthode était efficace, elle plaisait aux jeunes, dit Talha. Mais, en même temps, elle suscitait l'agressivité des autorités de la cité, qui réagissaient comme des bêtes attaquées.

« Muhammad n'était plus le même. Il osait mettre de côté ses douces paroles mélancoliques pour employer des mots durs. Entouré de ses partisans, il prononçait des discours enflammés contre les détenteurs du pouvoir et incitait les gens à la révolte. Mais il y avait un problème. Muhammad doutait encore de la nécessité d'employer les armes.

« C'est pourquoi j'allai parler à Omar : "Muhammad doit nous autoriser à riposter, sinon il va perdre ses partisans. Notre méthode de défense a fait son temps, la violence est désormais entrée en nous et nous détruit de l'intérieur. Les disciples sont tellement en colère contre les forces de l'ordre et les bandits embauchés pour nous frapper qu'ils ne peuvent plus vivre normalement."

« Omar répondit : "Je sais. Je l'ai dit moi aussi, mais nous devons faire preuve de patience. Muhammad n'a pas encore reçu l'autorisation d'Allah pour employer la violence. Patience. Montrez-vous patients."

« Tout au fond de son cœur, Muhammad espérait encore pouvoir débarrasser la Kaaba des idoles d'une manière pacifique, et en faire la demeure d'Allah.

« Mais il arriva autre chose. Deux jours après mon entretien avec Omar, nous fûmes appelés à nous rassembler sur le parvis de la Kaaba. Muhammad monta sur le tabouret. Il regarda d'abord calmement ses disciples, puis pointa l'index vers la fenêtre du Conseil de La Mecque et lança : "Cette nuit, j'ai reçu un nouvel ordre d'en haut. Allah m'a donné l'autorisation de riposter. Je vous ai prévenus. À présent, je rends les coups."

« Omar apparut avec trois chameaux chargés de bâtons pointus.

« Je l'aidai à décharger les chameaux. Puis Muhammad remit un bâton à chacun. En un rien de temps, il se produisit une métamorphose. Les innocents partisans de Muhammad se transformèrent en une milice en armes. Ainsi furent jetés les fondements de l'armée de Muhammad.

« Une nouvelle phase débutait. Les rues de La Mecque devinrent le théâtre de combats acharnés entre les milices de Muhammad et les agents et bandits à la solde du pouvoir. Les disciples de Muhammad contre-attaquaient avec force.

« Ce furent des jours et des nuits inoubliables. Armé d'un bâton, Muhammad frappa sans merci et de toutes ses forces sur le dos du chef des agents et Omar poursuivit les bandits.

« Ce furent des jours décisifs, de beaux jours. On sentait que nous étions en train de mettre à bas la pyramide du pouvoir à La Mecque.

« La cité était en pleine réflexion, et les partisans de Muhammad de jour en jour plus nombreux. »

Lorsque Talha eut fini de parler, nous fîmes une promenade dans son jardin. Ce n'était pas un jardin ordinaire ; en s'inspirant des textes de Muhammad, il y avait selon moi fait reproduire un bout du paradis. Tandis que nous nous promenions tous les deux à l'ombre des arbres, le long des parterres de fleurs odorantes, quelques versets du Coran me revinrent à l'esprit :

Et les premiers arrivés seront bien les premiers
Dans les jardins du délice
Reposant sur des lits de repos sertis de pierres précieuses
Il y aura là des houris aux grands yeux expressifs
Semblables à la perle cachée
Elles circuleront autour d'eux
Portant des aromates
Et des coupes remplies de vin
Qui ne leur provoqueront ni maux de tête
Ni étourdissements,
Et les fruits de leur choix
Et la chair des oiseaux qu'ils désireront.

55

Un ordre nouveau

Muhammad était résolu à faire l'impossible pour mettre à bas la hiérarchie du pouvoir.

Les autorités de La Mecque sentaient cette menace.

Dans ses textes, il ébauchait un nouvel ordre du pouvoir :

Allah
Le prophète
Les croyants
Les chrétiens
Les juifs
Les incroyants

Tous les jours, il énonçait des lois nouvelles, pionnières, pour les habitants de La Mecque :

Les femmes héritent la moitié de ce que les hommes héritent. (Les hommes s'effrayèrent de cette ordonnance. Les femmes, qui auparavant n'héritaient jamais de rien, pouvaient soudain prétendre à leur fortune.)

Pour Allah, hommes, femmes, grands commerçants, esclaves hommes et femmes sont tous égaux. Qui accomplit de meilleures actions se tiendra plus près de Lui.

Chacun fait don d'un cinquième de ses revenus, ces dons reviennent à Allah.

Si un esclave, homme ou femme, réclame sa liberté, rendez-la-lui ; Allah vous autorise à en déduire le prix de vos dons.

Aidez vos esclaves, hommes et femmes, à se marier s'ils n'ont pas d'argent.

N'abandonnez pas votre épouse une fois devenue vieille.

Vous n'avez le droit de coucher qu'avec vos propres femmes et femmes esclaves ; toute autre femme vous est interdite.

De violents combats sévissaient dans les rues de La Mecque. Les détenteurs du pouvoir n'avaient plus le sommeil tranquille. Cela ne pouvait pas continuer plus longtemps ainsi. Il fallait que quelque chose arrive. Que cesse le désordre causé par Muhammad.

Et il arriva ce qui ne pouvait pas arriver. Le Conseil de La Mecque prit une décision sans appel. Il fallait en finir, c'était maintenant ou jamais. Ils décidèrent de bannir Muhammad et ses disciples de La Mecque. Au grand étonnement de tous les citadins, une nouvelle loi fut inscrite sur un immense parchemin en peau de chameau, qui fut accroché au mur de la Kaaba :

> Au nom d'Al-Uzza, principale déesse de la Kaaba, le Conseil de La Mecque adopte la loi suivante :
>
> Il est interdit de faire du commerce avec Muhammad et ses disciples ;
>
> Il est interdit de leur fournir un endroit où dormir ;
>
> Il est interdit de leur donner ou de leur vendre de la nourriture ;

Il est interdit de leur donner une femme ou de prendre une de leurs femmes en épouse ;

Muhammad et ses partisans doivent avoir quitté la cité dans les vingt-quatre heures ;

Quiconque ne respecte pas ces lois sera traité comme un partisan de Muhammad.

C'était vendredi, au beau milieu de la journée, et les gens se tenaient bouche bée devant le parchemin. Même les hommes les plus âgés de La Mecque n'avaient pas le souvenir que quelqu'un ait jamais été ainsi chassé de la cité.

56

Tante Safiyya

Le conseil que Muhammad donna à ses disciples fut clair et net : « N'ayez pas peur. Personne ne doit quitter la cité. Pour le moment, restez dans vos maisons. »

Les disciples restèrent dans leurs maisons, mais ce ne fut pas aussi simple. Pendant un mois, il n'y eut rien à déplorer, mais lorsque leurs réserves de pain, de viande et de fèves furent épuisées, ils ne purent plus se soustraire aux questions de leurs enfants, de leurs femmes et de leurs parents par de vagues réponses.

Personne n'osait leur vendre quoi que ce soit et personne n'osait s'approcher d'eux.

En ces temps difficiles, Muhammad rendait visite à ses disciples dans l'obscurité. Surtout à ceux qui avaient une famille. Il emportait des friandises pour leurs enfants. Il s'amusait toujours beaucoup avec eux.

Moi, Zayd, je garde quelques beaux souvenirs de cette époque.

Une nuit, nous nous rendîmes chez l'esclave noir Zubayr. Il avait alors un seul petit garçon du nom d'Amir. Ce Zubayr habitait en ce temps-là dans une remise avec son père, sa mère, sa femme et son fils. Aujourd'hui, il vit dans une belle maison au centre de La Mecque.

Hélas, Zubayr perdit les deux jambes dans l'une des nombreuses guerres de Muhammad à Médine. Il est à présent grand-père de vingt-trois petits-enfants et mène une vie plutôt agréable. Il se déplace dans une espèce de voiture fabriquée spécialement pour lui.

Je passai chez lui et lui demandai s'il était prêt à raconter cette soirée où Muhammad vint chez lui.

« Oh, ce soir-là, dit Zubayr. C'était il y a longtemps déjà, mais sa visite inattendue brille encore telle une flamme dans mes pensées. Nous vivions des jours difficiles et des nuits sombres. Mes parents étaient âgés, Amir avait environ quatre ans et nous n'avions plus rien à manger. Ma femme avait été chassée de la ferme où elle travaillait et personne n'osait parler avec nous. Je me sentais impuissant.

« Une nuit, soudain, quelqu'un frappa à la porte et Muhammad entra, suivi de toi, Zayd. Vous nous aviez apporté un sac rempli de pain et de viande.

« La présence de Muhammad fut pour moi comme une lanterne lumineuse dans notre nuit noire.

« Bien sûr, nous lui étions reconnaissants de nous avoir apporté du pain et de la viande, mais il fit autre chose d'adorable.

« Mon fils Amir avait un oiseau surnommé Nuwayr qu'il aimait beaucoup. Or ce soir-là, Nuwayr était tombé mort de son perchoir. Muhammad vit qu'Amir se tenait tristement appuyé contre le mur. J'expliquai à Muhammad que Nuwayr était mort. Muhammad s'agenouilla devant Amir et murmura : "Dis, Amir, que faisait ce Nuwayr ?"

« Il prononça ces mots d'une façon tellement rigolote

qu'Amir éclata de rire. Par la suite, chaque fois que Muhammad croisait Amir quelque part, il lui demandait : "Dis, Amir, que faisait ce Nuwayr ?" et ils riaient tous les deux. »

Nous vivions en effet des jours difficiles et des nuits sombres. Muhammad, Abû Bakr, Omar et Othman se rendaient chaque soir séparément chez les disciples. Ils parlaient avec eux et les préparaient à la dure période qui les attendait.

La vie voulait mettre Muhammad à l'épreuve. Tous les yeux étaient braqués sur lui. Allait-il tenir bon ou craquer ?

Dans ces circonstances difficiles, je le vis évoluer de la condition de rebelle à celle de dirigeant. Il avait tout en son contrôle et irradiait l'espoir.

Un jour, nous eûmes la visite de sa tante âgée Safiyya. Je la pris par le bras et l'emmenai auprès de Muhammad.

« Tante Safiyya, quelle belle surprise ! Venez-vous en tant que nouvelle disciple ou nous avez-vous apporté du pain et de la viande ? demanda-t-il en riant, et il lui baisa la main.

— Muhammad, je t'ai apporté du pain, mais à une condition, dit tante Safiyya en brandissant un doigt menaçant. Tu ne dois jamais oublier que je suis ta tante, que je t'ai toujours bien traité quand tu étais petit, et que je t'ai même donné le lait de mes seins. Accepterais-tu de faire quelque chose pour moi, maintenant que tu as besoin de mon pain ?

— Volontiers, mais quoi ? répondit Muhammad en souriant.

— Veux-tu bien demander à ton Allah de me réserver une belle place dans Son paradis ? »

Muhammad prit un air sérieux : « Ne m'en veuillez pas, tante Safiyya, mais les femmes âgées ne sont pas admises au paradis.

— Dans ce cas, rends-moi mon pain, dit tante Safiyya déçue, et elle prit sa canne pour s'en aller.

— Car, poursuivit Muhammad, les femmes âgées sont d'abord transformées en belles jeunes filles. Ensuite seulement, de beaux jeunes hommes les prennent par la main et les emmènent au paradis. Je pourrai certainement vous arranger quelque chose, tante Safiyya. »

57
Vers la vallée de Shuayb

Le spectre de la famine planait sur les disciples. Quatre mois durant, ils avaient vaillamment résisté. Sous la direction d'Othman et avec le soutien de Khadija, un comité clandestin s'était constitué pour rassembler en secret de la nourriture et l'envoyer aux disciples. Mais leur réseau fut découvert par le Conseil et dut cesser de fonctionner.

Les parents directs de Muhammad continuèrent d'approvisionner ce dernier en blé pour ses disciples, mais la famille fut menacée d'une interdiction de commerce étendue à toute la tribu si elle ne rompait pas tout contact avec lui.

Le Conseil, qui craignait que Muhammad ne tienne malgré tout plus longtemps que prévu et ne rende de ce fait la loi adoptée inopérante, décida de bannir l'homme et ses fidèles définitivement de la cité.

Omar et Othman étaient cachés, mais Abû Bakr se montrait souvent sur le marché en tant que figure du mouvement. Le Conseil ordonna l'arrestation d'Abû Bakr, si bien qu'il dut lui aussi entrer dans la clandestinité. On fit irruption dans la maison de Muhammad, mais il n'y habitait plus depuis longtemps. Il s'était réfugié chez son oncle Tâlib, où aucun agent des forces de l'ordre n'aurait osé imaginer mettre les pieds. Quant à moi, Zayd, j'étais son unique lien avec le monde extérieur.

Entre-temps, Muhammad avait maigri. Il mangeait peu et perdait ses cheveux. J'en trouvais partout sur le sol. Il était fâché contre Allah. Il était en conflit avec Lui.

Il ne le disait pas à haute voix, mais il était profondément déçu qu'Allah ne veuille pas l'aider en ces temps difficiles, qu'Il ne lui permette pas d'accomplir de miracle. Sa mission risquait d'échouer et Allah ne faisait rien.

Ses disciples étaient proscrits et Allah ne faisait rien.

Ses hommes devaient se cacher et souffrir de la faim et Allah ne faisait rien.

Allah avait aidé tous les vieux prophètes en leur permettant d'accomplir un miracle au moment opportun. Moïse avait jeté sa canne par terre et celle-ci s'était changée en serpent. Jésus avait pris un oiseau mort entre ses mains, l'avait ressuscité et fait s'envoler à nouveau.

Muhammad voulait accomplir une action similaire, de nature à rendre l'espoir à ses gens. Il aurait voulu crier à ses fidèles : « Jetez vos bâtons sur le sol ! » Et tous ces bâtons se seraient lancés tels des serpents à la poursuite du Conseil de La Mecque.

Jésus avait demandé à son Dieu de quoi nourrir ses disciples et le Ciel lui avait envoyé de la nourriture.

Muhammad voulait lui aussi recevoir d'Allah du pain pour ses fidèles. Mais Allah demeurait sourd à ses prières.

J'entendais Muhammad pleurer dans sa cachette. Dans ces moments-là, j'attendais qu'il m'appelle. Quand j'entrais, je voyais qu'il avait les yeux rouges et la barbe mouillée de larmes.

« Les temps sont durs, Zayd, disait-il, mais ne sois pas triste ! »

Je demeurais planté dans la chambre, aussi immobile qu'une statue.

« Prends patience, Zayd ! »

Une nuit, je le vis recroquevillé sous la couverture, grognant tel un cheval blessé. Je savais qu'il recevait un nouveau message d'Allah.

« Zayd ! » cria-t-il d'une voix oppressée.

Je m'agenouillai et approchai mon oreille de ses lèvres.

« Cours à la cachette d'Abû Bakr. Dis-lui que j'ai reçu un nouveau message. Nous quittons la cité pour la vallée de Shuayb. »

58

La mission de Yasser

Shuayb était une vallée aride aux arbres rares, entourée de gros rochers.

Chaque tribu y avait un lopin de terre, où elle passait les étés caniculaires au grand air. Il n'y avait pas de maisons ni de huttes. Les gens dormaient dans les grottes ou dans des cavités entre les rochers.

Oncle Tâlib avait conseillé à Muhammad d'aller à Shuayb et de demeurer provisoirement sur la terre de leur tribu jusqu'à ce que la paix soit revenue à La Mecque.

Mais ce séjour s'avéra rien moins que provisoire puisqu'il dura trois longues années. Trois années terribles, durant lesquelles Muhammad s'efforça désespérément de maintenir le moral de ses disciples.

Sous la direction d'Othman, les hommes commencèrent à planter du blé et des légumes. En secret, un robuste jeune homme du nom de Yasser fut chargé personnellement par Omar de voler de nuit une chèvre ou un chameau et de tuer l'animal.

J'ai l'impression qu'un siècle s'est écoulé depuis ce temps où nous vivions dans la vallée.

Hier, je suis parti à la recherche de Yasser. Je suis allé le voir dans sa forteresse militaire en dehors de La Mecque, sur la route de la mer Rouge. Il fut dans le temps le chef du ravitaillement de l'armée.

Je m'y rendis sur mon propre cheval qui, comparé à celui du commun des mortels, était déjà une monture princière. Mais les chevaux alignés devant la forteresse étaient des animaux encore plus forts, plus entraînés, plus élégants, qui faisaient forte impression sur l'ennemi.

« Zayd, tu n'as pas pris une ride ! s'écria Yasser quand il me reçut dans son cabinet de travail. Révèle-moi ton secret : que fais-tu, que manges-tu et de quoi t'occupes-tu pour garder cette éternelle jeunesse ?

— De Muhammad », dis-je en souriant.

Yasser s'esclaffa en entendant ma réponse. Nous parlâmes ensuite sérieusement de ces années difficiles à La Mecque, jusqu'à ce que j'oriente la conversation vers la vallée de Shuayb et le laisse parler :

« Ce furent des années importantes. Tu le sais, Zayd, dit Yasser. Nos regards étaient rivés à Muhammad. S'il succombait, tout le monde succombait. Il faisait tout pour ne pas être obligé de plier. Il arpentait les montagnes jusque tard dans la nuit en se parlant à lui-même. Nous pensions qu'il reviendrait peut-être avec un nouvel ordre d'Allah, mais ce n'était pas le cas. La faim nous avait tous amaigris. Des disputes éclataient souvent entre nous.

« Aujourd'hui, si je regarde en arrière, je vois cette période comme une école de vie essentielle. Nous avons tous grandi dans cette vallée. Omar s'est emparé de près de la moitié du monde, mais il n'y serait pas parvenu sans cette expérience intense de la vallée de Shuayb. Les années pénibles passées dans la vallée ont fait de nous des hommes durs, aguerris, qui n'avaient plus peur de rien. Nous sommes devenus des hommes de fer.

« Je résumerais mon histoire en une phrase : "Shuayb a changé le monde." »

C'était agréable de converser avec Yasser à propos du passé. Lorsque je pris congé de lui et qu'il me raccompagna vers mon cheval, je dis pour le taquiner : « Et toi, tu étais notre grand voleur ! Tu volais des chèvres et des chameaux. Sans tes maraudages, Muhammad n'aurait peut-être pas pu conquérir la Kaaba.

— Tu le savais donc, observa Yasser en riant. Je croyais que c'était un secret entre Omar et moi. Que j'emporterais mon secret dans la tombe.

— Mais où dénichais-tu ces chèvres et ces chameaux ? Et comment est-il possible que personne n'ait découvert que le voleur se cachait parmi les disciples de Muhammad ?

— Zayd, les enfants de la vallée avaient faim. Il fallait faire quelque chose, sinon ils n'auraient pas résisté et ils seraient partis. Une nuit, alors que je me promenais avec Omar, il s'est arrêté soudain dans un endroit tranquille et m'a dit : "Yasser, je veux de la viande pour les femmes et les enfants. Je ne sais pas comment, mais tu pars maintenant et tu ne reviens qu'après en avoir trouvé. C'est un ordre d'en haut. Et c'est un secret que tu dois ensevelir dans ton cœur. Ne pose pas de questions et ne donne aucune explication. Vas-y ! Et rapporte de la viande !"

— Où es-tu allé cette nuit-là pour trouver une chèvre ? Et comment as-tu fait pour revenir au petit matin avec un chameau égorgé ?

— Zayd, si tu n'en sais pas plus, je ne t'en dirai pas plus », répondit Yasser, et il m'aida à enfourcher mon cheval.

59

Parler ou se taire ?

Omar avait dit à Yasser : « Ne pose pas de questions et ne donne aucune explication. »

Que pouvait-on donc raconter, et que fallait-il taire ? Je me posais et reposais sans cesse la question.

Trois années dans le dénuement nous avaient suffi. Muhammad devait lui-même prendre les choses en main, si Allah persistait à ne donner aucun signe.

« Fais venir Abû Bakr, Omar et Othman », me dit Muhammad.

Je partis immédiatement à leur recherche. Ce fut la dernière réunion dans la vallée.

Ils s'assirent dans la petite grotte où ils avaient l'habitude de se concerter. J'allumai une bougie et la plaçai au milieu de leur cercle sur le sol. Leurs ombres se projetaient sur les parois rocheuses.

Muhammad regarda Omar et dit : « Aujourd'hui, ce soir. Et demain c'est fini. »

Omar répondit : « Ce soir, et demain c'est fini. »

Omar se leva et fit un geste vers moi : « Toi, tu viens avec moi ! »

Je ne savais pas où, ni de quoi il s'agissait. Je suivis

Omar et nous descendîmes dans la cuvette de la vallée où un cheval noir nous attendait. Omar l'enfourcha d'un bond et m'exhorta à sauter derrière lui. À la vitesse de l'éclair, nous chevauchâmes en direction de La Mecque.

Cette fameuse soirée était un secret entre Omar et moi. Omar a été assassiné depuis. Je suis le dernier à savoir ce qui s'est passé cette nuit-là. Puis-je le raconter ou pas ? Telle est la question. Il s'agit d'informations confidentielles dont je suis l'unique détenteur.

J'y ai souvent réfléchi et en suis arrivé à la conclusion suivante : si Muhammad n'a rien négligé pour faire connaître Allah, Zayd à son tour ne doit rien négliger pour faire connaître Muhammad.

Mais j'ai décidé entre-temps que mon livre ne pourrait être lu qu'après ma mort.

Par l'épée, Omar put contraindre au silence l'Empire perse tout entier, mais il ne peut pas m'y contraindre moi.

Zayd parlera.

60

Le toit du monde

J'étais assis derrière Omar qui galopait dans la nuit noire vers La Mecque, ignorant tout encore de ses intentions. La grande porte de la cité était fermée et sous surveillance, mais Omar avait tout prévu. Il attacha le cheval à un arbre, recouvrit sa tête de son écharpe noire et nous nous coulâmes avec prudence le long du mur en direction d'une petite porte. Il frappa doucement et un gardien ouvrit aussitôt. C'était l'un des disciples secrets de Muhammad qui travaillait pour nous comme espion. Omar entra et je le suivis. Nous empruntâmes les ruelles sombres pour rejoindre le centre. Il n'y avait pas un chat, on entendait çà et là un agent et parfois un garde passant à cheval.

Je compris qu'Omar se dirigeait vers la Kaaba. Que va-t-il y faire ? me demandais-je, mais je ne posai aucune question, je savais qu'il me fallait le suivre en silence.

L'avant de la Kaaba était éclairé le soir par de grands flambeaux. La nuit en revanche, seule une petite torche continuait de brûler. Deux gardiens discutaient dans la faible lumière.

Un large détour nous permit d'atteindre l'arrière de la

Kaaba, toujours plongé dans l'obscurité et sans surveillance. Il était grisant de se retrouver là dans le noir. J'effleurai le mur, en eus la chair de poule. J'avais besoin d'un peu de temps pour me détacher de l'emprise des idoles, dont je sentais fortement la présence.

Omar sortit un couteau et me le donna en murmurant : « Pose tes pieds sur mes épaules et grimpe sur le toit. Une fois là-haut, tu rampes jusqu'au parchemin qui est accroché au mur. Tu coupes les cordelettes, tu enroules le parchemin avec précaution et tu le rapportes ici. »

Je grimpai sur les épaules solides d'Omar et me hissai sur le toit de bois de la Kaaba. Le couteau effilé entre les dents, je rampai jusqu'au parchemin. Quelle expérience ! J'avais l'impression d'être sur le toit du monde. J'attrapai l'une des deux cordelettes, fis glisser le couteau entre ses fibres et la coupai. C'en était fini de cette loi qui nous avait maintenus prisonniers durant trois ans dans la vallée de Shuayb. Tout en gardant la cordelette pincée entre mes doigts, je rampai vers la seconde. Après l'avoir coupée, elle aussi, je tentai de rouler le parchemin, mais il avait séché durant ces trois années en plein soleil. Il était absolument impossible à enrouler et s'effritait déjà entre mes mains. Je le pliai tant bien que mal, retournai en rampant et le tendis à Omar.

Je n'ai jamais pu oublier cette aventure. Couper ces cordelettes fut pour moi comme trancher les ficelles du pouvoir de La Mecque. Et lorsque je remis à Omar le parchemin plié, je sus qu'une nouvelle ère venait de commencer. Personne ne pourrait l'arrêter.

Je reposai mes pieds sur les épaules d'Omar et redescendis. Nous nous esquivâmes sans attendre.

61

Une bonne nouvelle

Le soleil n'était pas encore levé lorsque nous fûmes de retour dans la vallée où Muhammad nous attendait.

« Mission accomplie, dit Omar.

— Va chercher Bilal ! » me dit Muhammad.

Je trouvai Bilal dans le jardin qu'il avait soigneusement aménagé de ses mains entre les rochers pour cultiver des pommes de terre et des betteraves.

« Viens, Muhammad veut te parler ! » lui criai-je.

Il m'accompagna et Muhammad s'entretint avec lui seul à seul.

Le soleil venait de se lever quand Bilal grimpa sur un promontoire et cria : « Oyez, tous, j'ai une bonne nouvelle. Ça y est. Nous retournons à La Mecque. La loi punitive est abolie. Allah a ordonné aux fourmis de dévorer le parchemin. Nous rentrons tous à la maison ! »

La nouvelle se répandit comme une traînée de poudre dans La Mecque : « Le parchemin a disparu. »

« Il a été volé. »

« Les fourmis, les termites l'ont dévoré. »

Tout le monde se précipitait à la Kaaba pour voir si

c'était vrai. Et c'était vrai, en effet, il n'y avait plus de parchemin pendu au mur.

« Que va-t-il se passer maintenant ? Muhammad va-t-il revenir à La Mecque ? »

« Connaissant Muhammad, il est déjà en route. »

« Il a raison. Trois ans d'exil, ça suffit. »

Des rumeurs firent bien vite le tour de la cité selon lesquelles Muhammad avait quitté la vallée, suivi de ses disciples, et qu'il arriverait à La Mecque d'un instant à l'autre. Une foule de gens se rassembla à la porte de la cité.

Le soleil brillait à la verticale de La Mecque quand les disciples affamés de Muhammad, leurs femmes et leurs enfants firent leur entrée, le visage marqué, les vêtements en lambeaux, les cheveux longs et les pieds nus. Muhammad marchait devant eux, la tête haute. Sa barbe était devenue toute grise. Il ne regardait personne. Il affichait un visage impassible, comme s'il eût porté un masque de fer, empêchant quiconque de déchiffrer ses émotions et ses pensées.

Les habitants de La Mecque regardaient le cortège sans mot dire. Personne pour acclamer, personne pour crier « Fichez le camp ». Le silence était total. On n'entendait que les pas de Muhammad et de ses disciples. Les agents des forces de l'ordre se tenaient quant à eux immobiles à l'arrière-plan.

Muhammad avait donné l'ordre aux disciples de regagner leurs maisons et leurs familles, et de se reposer.

La vallée de Shuayb appartenait désormais au passé. Déjà, un autre sujet occupait les pensées de Muhammad. Bientôt, une nouvelle sourate lui serait révélée.

62

Saluma, la servante de Khadija

Quelques mois se passèrent sans que rien de particulier vienne troubler le calme qui régnait dans les rues. Les disciples se déplaçaient au marché comme de simples citoyens, sans faire aucune remarque à propos de Muhammad et de son Coran.

On aurait dit que Muhammad avait retenu la leçon et qu'il avait l'intention de rester en retrait. Tout le monde voyait cela comme une période de réflexion. Et personne n'aurait pu prédire que Muhammad se révolterait à nouveau.

Muhammad avait effectivement ordonné à ses troupes de se tenir tranquilles et de prendre le temps nécessaire pour se rétablir. La réalité était autre. La dure vie de la vallée exigeait à présent son tribut.

Trois ans auparavant, lorsque Muhammad avait quitté la cité, contraint et forcé, son vieil oncle Tâlib l'avait suivi, en signe de protestation contre la décision du Conseil. Et il continua de soutenir Muhammad jusqu'au dernier jour qu'ils passèrent dans la vallée. Par sa présence, il avait protégé Muhammad.

De retour à La Mecque cependant, oncle Tâlib tomba malade et mourut un mois plus tard.

Muhammad n'était pas encore remis de ce choc lorsque sa femme Khadija succomba à son tour. Sa santé avait été gravement atteinte. Khadija avait vécu toute sa vie dans l'opulence et n'avait jamais connu les privations. Elle n'avait pas pu s'adapter à la vie de paysanne, à l'extérieur, entre les rochers. Elle avait pourtant tenu bon trois ans, mais lorsqu'elle retrouva son propre lit, elle fut incapable d'encore le quitter.

Aujourd'hui, plusieurs décennies après sa mort, je cherchais quelqu'un qui soit à même de me raconter les derniers jours de Khadija sur son lit de mort. Et je pensai à Saluma, sa servante personnelle.

Saluma était une belle jeune femme lorsqu'elle partit avec Khadija pour la vallée.

Elle avait la peau noire, les yeux marron, de petits seins, des lèvres charnues et joliment dessinées, et des fesses qui, lorsqu'elle marchait, oscillaient de façon fort charmante.

Quand je revis Saluma, elle avait totalement changé. C'était désormais une femme de près de cinquante ans.

Ses seins s'étaient alourdis, son puissant postérieur était plus rebondi que jamais et ses yeux avaient perdu leur lumière si remarquable. Elle avait mis au monde dix enfants, était grand-mère de dix-sept petits-enfants, mais elle avait conservé une partie de son charme d'antan. Ses fesses oscillaient toujours aussi délicieusement.

« Zayd ! C'est toi ? Ce n'est pas vrai. Mais si. Comment est-ce possible ?

— Je voulais admirer une fois encore tes mouvements si gracieux.

— Viens donc, entre et admire-les, je t'en prie. »

Saluma n'avait pas désappris l'art de la séduction. Je lui fis un compliment, mais elle le repoussa d'un éclat de rire malicieux.

« Tu ne viens pas pour moi, Zayd. Dis-moi, en quoi puis-je t'être utile ?

— J'étais curieux d'avoir de tes nouvelles, Saluma. Mais en effet, je viens pour *khanoum*[1] Khadija. En réalité, je voudrais parler avec toi des derniers jours que tu as passés avec elle. Tu veux bien me les raconter ?

— Zayd, tu veux me ramener en arrière, vers ces jours beaux mais douloureux que j'ai vécus dans cette maison. Écoute, ma *khanoum* Khadija était déjà malade dans la vallée, mais elle n'en avait rien dit. Elle ne voulait pas compliquer la tâche de Muhammad. De retour à la maison, à La Mecque, elle s'est couchée immédiatement. Elle était si affaiblie qu'elle ne pouvait plus marcher.

« Muhammad savait qu'elle allait mourir, il l'avait entendu de la bouche du médecin. Il était affligé et quittait rarement la chambre de Khadija. Il s'agenouillait à son chevet et lui caressait la tête. Elle était déjà âgée et, dans les montagnes, elle était devenue faible et maigre. Le corps de Muhammad était encore fort et il irradiait la puissance. Il s'allongeait à côté d'elle et posait sa tête contre la sienne. Le dernier jour, Khadija fut prise d'une forte fièvre. J'apportai de l'eau et Muhammad lui lava les pieds et appliqua des compresses humides sur son front. Au petit matin, lorsque j'entendis Muhammad pleurer à chaudes larmes, je sus que Khadija était partie. »

1. Dame.

63

Musab, fin connaisseur du Coran

Après la mort de son oncle, Muhammad était déjà devenu taciturne, mais le décès de sa femme le rendit plus silencieux que jamais. Il s'était retiré et son isolement dura si longtemps qu'il sema la confusion chez les membres du Conseil de La Mecque. Ces derniers se demandaient si Muhammad entendait réellement se tenir à carreau, maintenant qu'il était revenu, ou s'il préparait en secret de sombres plans. Quelque chose se tramait, mais quoi ?

Pour décrire cette période, il me faut donner la parole à la bonne personne. Et ce n'est nul autre que Musab ibn Djalil Abbas, le plus fin connaisseur du Coran de notre temps.

Il fut l'un des premiers disciples à interpréter de manière approfondie les textes de Muhammad. Ce dernier était incapable de réciter ses propres mots avec exactitude, il ne faisait pas confiance à sa mémoire, débitait les phrases à la hâte les unes après les autres. C'est pourquoi d'ailleurs il bafouillait. Mais Musab avait une mémoire d'éléphant, il prononçait les textes avec assurance, les transcrivait et les expliquait d'une manière qui suscitait l'admiration de Muhammad lui-même.

Espérant y trouver Musab, je me rendis à la nouvelle mosquée de La Mecque, où il enseignait le Coran.

Musab jouissait non seulement d'une mémoire d'éléphant, mais c'était en outre un conteur captivant.

« Nous étions dans la vallée et j'apprenais aux disciples à lire et à écrire, dit-il. En ces temps difficiles, dans les montagnes, les récits de Muhammad étaient le ciment entre les disciples. Et si ces derniers pouvaient lire les mots de Muhammad, ils se sentaient complets.

« Une nuit, Muhammad voulut me parler et nous allâmes nous asseoir au sommet de la montagne.

« Muhammad dit : "Allah m'a donné l'ordre de répandre l'islam dans la cité de Yathrib. Musab, tu possèdes la magie des mots. C'est une mission exceptionnelle et c'est toi qu'Allah a désigné pour l'accomplir. Les premiers contacts sont établis. Tu emmèneras quelques-uns de nos hommes forts et tu t'installeras à Yathrib. Je m'occupe de vous fournir un toit. À Yathrib, tu créeras un réseau. Une toile d'araignée de nouveaux disciples. C'est clair ?

« — Muhammad est le Messager, dis-je, et la mission que me confie le Messager m'est parfaitement claire."

« Le lendemain, je glissai les textes de Muhammad dans la poche de ma veste et partis à pied, en compagnie de six autres disciples, en direction de Yathrib. »

Moi, Zayd, je revois distinctement ce jour-là. Il était encore tôt. Muhammad les enlaça, les embrassa et leur fredonna une courte sourate à l'oreille gauche. Après quoi ils partirent. Personne ne savait où ils allaient, moi non plus. C'était un accord entre Muhammad et Musab.

Mais pourquoi devaient-ils aller à Yathrib ?

« Yathrib abritait deux vieilles tribus arabes ainsi que

des juifs et une petite communauté chrétienne, dit Musab. Le pouvoir était aux mains des juifs, c'étaient eux qui déterminaient le cours du marché. Ils possédaient de l'argent et en prêtaient aux gens à des taux usuraires. La situation était telle que presque tous avaient, d'une manière ou d'une autre, des dettes auprès d'un juif.

« Les deux tribus arabes se disputaient sans cesse et les juifs soutenaient tantôt l'une, tantôt l'autre, veillant ainsi à entretenir leur querelle. Depuis des siècles, en outre, ils méprisaient les Arabes, car eux, les juifs, avaient un Livre et les Arabes n'en avaient pas.

« Muhammad savait que les Arabes haïssaient les puissants juifs. Ses oncles et ses tantes du côté maternel habitaient tous à Yathrib et lui-même connaissait la cité comme sa poche. De plus, les juifs étaient ses ennemis les plus acharnés à La Mecque. Ils le rabaissaient, l'humiliaient et méprisaient ses textes, l'accusant ouvertement de plagier leur Torah.

« "Muhammad ? Un prophète ? Peuh, c'est un voleur analphabète", disaient les juifs.

« Selon moi, dans la vallée, Muhammad était arrivé à la conclusion suivante : "Je n'ai aucune chance de conquérir La Mecque maintenant. Je dois emmener mes disciples à Yathrib. Réconcilier les deux tribus arabes, leur offrir le Coran en guise de consolation, soumettre les juifs et prendre le pouvoir sur la cité." »

Ici s'arrête l'histoire de Musab.

64

Yathrib, une cité paradisiaque

Je dois en dire plus à propos de Yathrib. La cité se trouve relativement loin de La Mecque, elle nécessite environ trois semaines de voyage à dos de chameau. La Mecque est une cité aride, Yathrib en comparaison est un paradis. Les vastes champs verts regorgent de grands dattiers vigoureux sous lesquels coulent les rivières. Les chameaux mâchonnent de l'herbe tendre, plutôt que les épines sèches de La Mecque. Des nuées d'abeilles bourdonnantes butinent d'un champ de fleurs à l'autre, le vent est doux, porteur d'effluves maritimes, et les oiseaux volent paisiblement dans le ciel bleu.

S'ajoute à cela que les femmes de La Mecque sont grossières et ont de grandes mains et de grands pieds. Le vent chaud et le sable les ont enlaidies, tandis que les femmes de Yathrib sont belles et ont la peau douce et fraîche. Et elles vous dévorent des yeux.

Dans le Coran, Muhammad a dépeint les jardins de son paradis en s'inspirant des magnifiques paysages de Yathrib :

> Muhammad ! Annonce la bonne nouvelle à ceux qui croient et qui font le bien : ils posséderont des jardins où

coulent les ruisseaux. Ils y trouveront des épouses pures, et demeureront là pour l'éternité.

Muhammad était lié à Yathrib de deux manières. Sa mère, Amina, y était née et son père y était enterré. Et une large part de sa famille y habitait encore.

Un jour, après l'exil dans la vallée, Muhammad envoya à Yathrib son disciple le plus intelligent, Musab, pour y cultiver les premières cellules de nouveaux disciples. Et ce fut comme si le sol de Yathrib était prêt à recevoir les paroles de Muhammad. Ce n'était pas une action dont il pourrait recueillir les fruits immédiatement. Pendant quelques années, Muhammad devrait faire preuve de patience, mais il n'en manquait pas.

Tout se passa dans le plus grand secret. Le Conseil de La Mecque surveillait le tout autant que possible, mais il ne lui vint pas à l'esprit que Muhammad était également actif à Yathrib.

Le Conseil savait qu'il n'avait pas renoncé à sa mission, mais il supposait qu'après une si lourde condamnation il ferait profil bas. En réalité, Muhammad veillait à maintenir la paix à La Mecque. Il n'était plus question de renouveler les manifestations dures d'autrefois. Les disciples se rassemblaient régulièrement dans des endroits calmes et Muhammad invitait les gens à le suivre sur un ton plus doux.

De nouvelles personnes se joignirent d'ailleurs au mouvement, mais l'afflux ne fut pas de nature à inquiéter le Conseil de La Mecque.

Un compromis tacite s'était établi entre Muhammad et le Conseil. Les autorités le toléraient. En effet, d'ici quelques années, il serait vieux et cesserait de lui-même ses déclarations farfelues.

Mais c'était mal connaître Muhammad. Le Conseil ne comprenait pas qu'il avait depuis longtemps tiré sa conclusion : « La Mecque est imprenable pour l'instant. Nous ne pourrons pas la conquérir de l'intérieur. Nous irons à Yathrib. Là-bas, nous brandirons le glaive et reviendrons ensuite conquérir La Mecque. »

Il avait un plan concernant Yathrib. Il voulait faire de la cité le centre de son royaume idéal.

À cette période, toutes les sourates qui lui étaient révélées comportaient une même phrase : « Muhammad, sois patient ! »

La Mecque devenait de plus en plus calme. On ne savait pas que Muhammad envoyait ses disciples en catimini, un à un, à Yathrib. Au bout de deux ans, ses activités à Yathrib commencèrent à porter leurs fruits. De plus en plus souvent, on y parlait de Muhammad le Messager et du Coran et d'Allah qui est Un. Les marchands de Yathrib recouraient de plus en plus fréquemment à une citation du Coran lorsqu'ils entraient en conflit avec un juif.

Le Coran n'existait pas encore en tant que Livre, mais les citations gravées dans le bois et les os de chameau s'exposaient en public. Les nouveaux disciples de la cité entreprenaient le long voyage vers La Mecque afin de rencontrer Muhammad en secret.

Abû Bakr se rendit à Yathrib déguisé en commerçant. Il y rencontra les chefs des tribus arabes et leur proposa officiellement de s'unir contre les puissants juifs qui avaient la mainmise sur la cité. « Nous vous offrons un Livre arabe et un dirigeant. »

65

Abbas, le médiateur de Muhammad

Muhammad avait encore un troisième oncle, du nom d'Abbas. C'était un riche marchand de La Mecque, qui entretenait de bons contacts avec les commerçants les plus en vue de Yathrib. Ce n'était pas un adepte de Muhammad, pas plus qu'un opposant. Abbas était un bon vivant, un loup solitaire qui ne se mêlait guère de politique à La Mecque, bien qu'il entretînt toujours un rapport cordial avec Muhammad.

Moi, Zayd, je me rendis un soir chez Abbas avec un message personnel de Muhammad.

Il habitait une somptueuse maison. Je n'avais encore jamais vu pareille demeure. De belles armoires sculptées décoraient l'élégant salon et de grands lustres étaient suspendus au plafond.

Abbas se servit un verre de vin et dit : « Raconte, Zayd. »

Je chuchotai : « Muhammad le Messager veut vous rencontrer. Il sollicite un rendez-vous secret. »

Abbas était une personne exquise. Il était légèrement ivre et s'esclaffa : « J'aime bien ton Muhammad. Dis-lui qu'on va arranger ça. »

Il leva son verre et lança : « Longue vie au Messager ! »

Deux nuits plus tard, empruntant la porte du jardin, je pénétrais avec Muhammad à l'intérieur de la demeure d'Abbas. Abbas reçut Muhammad à bras ouverts :

« Muhammad, que puis-je donc faire pour toi ?

— Mets-moi en contact avec les chefs de tribu de Yathrib », répondit Muhammad sans ambages.

Abbas était malin et devina immédiatement les desseins de Muhammad.

Ils s'assirent dans les divans et parlèrent le reste de la nuit, tandis que je montais la garde devant la porte.

Une semaine plus tard, Abbas partit pour Yathrib avec une caravane de marchandises. Par l'entremise de ses amis, il put se rendre chez les chefs de tribus arabes. C'était leur première rencontre ; Abbas devrait encore faire le voyage à Yathrib un certain nombre de fois avant de pouvoir mettre Muhammad en contact avec les chefs de tribu. Une année passa certainement avant que les esprits ne soient mûrs.

Les deux chefs de tribu les plus importants vinrent à La Mecque où, à l'insu de tous, Abbas les reçut dans sa splendide demeure. Et c'est à l'occasion d'un festin de roi qu'il leur présenta Muhammad.

Le chef de la tribu Aws s'appelait Abû Yakhzan ibn Yasib ibn Amir ibn Malik ibn Kinaya ibn Khays ibn Hussein ibn Luzin. C'est-à-dire Abû Yakhzan, fils de Yasib, fils d'Amir, fils de Malik, fils de Kinaya, fils de Khays, fils d'Hussein et fils de Luzin. Cet Abû Yakhzan mourut à l'âge de quatre-vingt-douze ans, après avoir eu cinquante-trois enfants de ses neuf femmes officielles et de ses treize esclaves, et une infinité de petits-enfants et de descendants.

Le chef de la tribu Khazr s'appelait Abû Hudhayfa ibn

al-Mughra ibn Abdallah ibn Uzar ibn Makhzum. Il atteignit l'âge de soixante-seize ans et eut treize fils et vingt-sept filles.

Muhammad parla avec eux jusque tard dans la nuit tandis qu'Abbas leur servait des friandises et des boissons. Ensemble enfin, ils prirent une décision. Muhammad voulait quitter La Mecque, et les chefs de tribu l'accueilleraient et le protégeraient.

Ainsi posait-il le premier pas capital sur le chemin du pouvoir.

Muhammad resterait à La Mecque jusqu'à ce que les derniers disciples aient quitté la cité en toute discrétion. Ensuite il partirait à son tour.

Avec le soutien et l'approbation de ces deux chefs de tribu, Muhammad acquit une grande notoriété à Yathrib.

De nombreux jeunes signifièrent leur adhésion. Et ces nouveaux partisans offrirent un toit aux disciples de Muhammad en provenance de La Mecque.

La cité de Yathrib se mit progressivement en mouvement et les fidèles commencèrent à tenir des réunions sur la place du marché. Lorsque notre crieur public Bilal arriva, sa voix mystérieuse eut tôt fait d'enflammer la cité. Avec les disciples à sa suite, il se postait aux carrefours et récitait à voix haute les textes du Coran.

À La Mecque, Muhammad reçut un message d'Omar qui était à Yathrib. Je le lui lus : « La cité étincelle de joie. Tout le monde attend Muhammad ! »

66

La fuite

Entre-temps, l'information concernant l'émergence de nouveaux adeptes de Muhammad avait gagné La Mecque. Mais Yathrib était loin. Il n'y avait pas de quoi troubler la tranquillité ni l'ordre de la cité. La Mecque frémit pourtant d'inquiétude lorsque s'ébruita la rumeur d'une rencontre secrète entre Muhammad et les chefs de tribu.

Alors seulement, les gens remarquèrent que les disciples de Muhammad avaient disparu : « Eh, les nids sont vides, les oiseaux se sont envolés. »

Au marché, tout le monde parlait de la rencontre secrète :

« Oh, ce vieux renard de Muhammad !

— Quel finaud !

— Comment a-t-il réussi à rassembler les deux tribus ennemies de Yathrib ?

— Tous les disciples sont partis.

— Où ça ? Quand sont-ils partis ?

— Muhammad aussi a disparu.

— Non, ce n'est pas vrai. Je l'ai vu marcher ce matin sur la place de la Kaaba avec Abû Bakr. »

C'était exact, Muhammad n'était pas parti. Il attendait que ses fidèles aient quitté la cité et faisait exprès une promenade sur la place, matin et après-midi, pour tromper les autorités. Mais ce subterfuge n'était plus d'aucune utilité, car le Conseil venait de prendre une décision inébranlable. Il voulait coûte que coûte occire Muhammad, avant que celui-ci n'ait la possibilité de fuir. Car s'il atteignait Yathrib, il deviendrait un grand homme, un homme de pouvoir, et plus personne ne pourrait l'arrêter.

Mais Muhammad n'était plus le Muhammad d'antan au cœur charitable. C'était devenu un dirigeant rusé. Partout il avait des complices, jusque dans le Conseil de La Mecque. C'est ainsi qu'il eut immédiatement vent de leur intention de l'assassiner le soir même dans son lit.

Omar et Othman étaient à Yathrib. Seul Abû Bakr était auprès de lui.

Muhammad mit au point un stratagème.

« Va chercher Ali », me dit-il.

Ali était à présent un jeune homme fort et avait environ la taille et la carrure de Muhammad. Dans l'obscurité, on ne pouvait les distinguer l'un de l'autre. Et Ali était courageux. Muhammad lui dévoila son plan.

Ali enfila la veste de Muhammad, alluma la lanterne, laissa les rideaux entrouverts et se posta à la fenêtre, de sorte que son ombre se dessine sur le rideau. Quiconque levait les yeux vers la fenêtre devait penser que Muhammad était dans sa chambre. Et moi, Zayd, je devais rester auprès d'Ali.

Muhammad et Abû Bakr disparurent par les toits dans l'obscurité.

Ils venaient de partir lorsque sept hommes firent irruption dans la ruelle où se trouvait la maison de Muhammad.

Ils escaladèrent les murs jusqu'au toit, redescendirent par l'escalier et s'approchèrent à pas de loup de la chambre de Muhammad, où Ali et moi les attendions. J'avais laissé la porte entrouverte et me tenais derrière, dans la pénombre. Ali était entre la lanterne et le rideau. Je vis les hommes marcher vers la chambre en brandissant leur poignard. Mais ils n'étaient pas encore entrés que je criai de toutes mes forces : « Halte-là ! »

67

L'araignée

Je n'ai pas pu suivre Muhammad dans sa fuite et ignore donc où il est allé cette nuit-là. Mais Muhammad l'a lui-même raconté plus tard de manière claire. Et j'ai inclus son récit dans la sourate du Coran intitulée « La repentance » :

> Si vous ne secourez pas le Prophète, Allah l'a déjà secouru, comme lorsque les incrédules voulurent le tuer, et qu'il fuit avec Abû Bakr dans les montagnes. Ils trouvèrent refuge dans la caverne et Muhammad dit à son compagnon : « Ne t'afflige pas, Allah est avec nous ! »
>
> Dieu fit descendre sur lui sa sérénité. Une araignée apparut et referma l'ouverture de la caverne, si bien que leurs poursuivants ne purent pas les voir.
>
> Allah est omnipotent !

Cette histoire se transmet désormais de bouche à oreille et gagne en force d'année en année. Moult détails ont été ajoutés et moult autres ont disparu, mais je la raconterai telle qu'elle était à l'origine :

Muhammad et Abû Bakr s'enfuirent dans les montagnes, poursuivis par les sept hommes qui avaient échafaudé l'attentat contre Muhammad. Les hommes virent deux silhouettes se détacher sur le versant de la montagne. Ils grimpèrent par différents sentiers, encerclant les fuyards. Muhammad et Abû Bakr étaient bloqués. Soudain, ils aperçurent l'entrée d'une petite caverne. Ils s'y faufilèrent. Immédiatement apparut alors une énorme araignée qui se mit à tisser une toile dense devant l'entrée de la grotte.

Lorsque les hommes arrivèrent sur place, ils ne purent trouver Muhammad et Abû Bakr nulle part. Ils devaient pourtant se cacher dans les parages. Ils virent la grotte, mais elle était fermée par une épaisse toile d'araignée. Ils passèrent leur chemin et continuèrent leurs recherches dans les montagnes pendant deux nuits et trois jours. Mais Muhammad et Abû Bakr s'étaient évaporés comme deux gouttes de pluie dans les montagnes assoiffées.

Moi, Zayd, je ne sais donc pas précisément ce qui est arrivé pendant la fuite de Muhammad dans les montagnes. Et j'ignore quels accords passèrent Muhammad et Abû Bakr dans la grotte. Mais j'ai bien un soupçon, fondé sur mes propres observations. Je pense qu'ils durent avoir une conversation de ce genre :

Muhammad : « Maintenant que nous avons rompu tous les ponts derrière nous, le retour en arrière est exclu. Nous allons tirer le glaive et nous battre jusqu'à la mort pour conquérir La Mecque. »

Abû Bakr : « Jusqu'à présent, nous étions camarades, mais à partir d'aujourd'hui nous sommes unis pour l'éternité. Et pour bénir ce serment fraternel, je te donne ma fille Aïcha. »

D'après moi, Aïcha, la fille d'Abû Bakr, devait avoir environ neuf ans. Et Muhammad en avait plus de cinquante.

C'est ainsi que Muhammad devint le gendre d'Abû Bakr. Et qu'Abû Bakr devint le beau-père de Muhammad.

Ils reprirent la fuite et poursuivirent la route à pied en longeant la mer Rouge jusqu'à Yathrib. En chemin, ils achetèrent deux chameaux à un fermier pour se déplacer plus rapidement.

68

Une nouvelle ère

Muhammad était parti. Et moi, Zayd, j'étais resté sur place. Je devais quitter La Mecque pour Yathrib la nuit même avec Ali. Hélas, il me manquait ainsi une partie de la vie de Muhammad, pourtant essentielle pour l'Histoire.

Mais cela n'avait pas été possible autrement.

Plus tard, lorsque nous voulûmes constituer un nouveau calendrier, nous prîmes la fuite de Muhammad de La Mecque à Yathrib pour point de départ de l'ère islamique. Le monde musulman débuta ce jour-là.

Je laisse à nouveau la parole à Musab, le fin connaisseur du Coran. Il est le seul à pouvoir répéter cette partie de la vie de Muhammad. C'était lui que ce dernier avait envoyé quelques années plus tôt à Yathrib pour y annoncer le Coran et constituer des cellules de nouveaux disciples.

Musab vivait déjà à Yathrib lorsque Muhammad y fuit. Il était au courant de tout.

Selon lui, la fuite de Muhammad avait mis Yathrib sens dessus dessous. Tout le monde en parlait avec émotion, tout le monde attendait du neuf :

« A-t-il été arrêté ? »

« C'est un futé. Il ne se laissera pas prendre. »

« Il est le Messager. Son Allah l'aidera. »

« Mais pourquoi ne donne-t-il pas de nouvelles, s'il est toujours vivant ? »

« Il viendra. Un de ces jours, tout à coup, nous le verrons apparaître. »

« Je reçus enfin la nouvelle que tout le monde attendait, dit Musab. Muhammad était en bonne santé, il était arrivé avec Abû Bakr par la côte au village de Khaba. Ils atteindraient Yathrib quelques jours plus tard. J'en fis l'annonce publiquement. Les disciples montèrent sur les toits et crièrent : "Quelle heureuse nouvelle ! Le Messager est en route !"

« Personne ici n'osait plus l'espérer. Les Arabes de toutes les tribus sortirent dans les rues en poussant des cris de joie. Ils frappaient sur des tambours et distribuaient des dattes et des friandises. Du jour au lendemain, les Arabes avaient gagné un Messager et un Livre, plus beau et plus puissant que celui des juifs. Car les gens n'avaient aucune connaissance de la Torah ni de la Bible, mais les textes du Coran que notre Bilal déclamait de sa voix merveilleuse étaient si enthousiasmants, si mystérieux qu'aucun autre texte ne pouvait les surpasser en beauté. »

Trois jours plus tard, alors que Muhammad approchait de Yathrib, les Arabes fermèrent leurs boutiques et allèrent en masse, y compris les femmes, les enfants et les esclaves, à la porte de la cité pour l'admirer.

Les juifs restèrent chez eux, mais les chrétiens, que les juifs raillaient depuis des siècles en raison de leur Jésus insignifiant, se mêlèrent discrètement aux Arabes. C'est ainsi que le rapport de forces dans la cité changea d'un seul coup.

Des milliers de personnes attendaient devant la porte de la cité. Dans le lointain apparurent deux chameaux ; on distingua les silhouettes dc deux hommes. La foule poussa un cri de bonheur. Lorsque les voyageurs se furent enfin rapprochés, on cria :

« Muhammad est le Messager ! »

« Bienvenue au Messager ! »

Les gens se pressaient pour l'apercevoir et l'invitaient bruyamment à venir loger chez eux.

Muhammad lâcha la bride de son chameau et dit : « Là où mon chameau s'agenouillera, je séjournerai. »

Le chameau franchit calmement la porte de la cité et marcha d'une rue à l'autre, tandis que la population le suivait en silence. Il passa devant de nombreuses maisons. Tous espéraient que le chameau s'agenouillerait devant la leur, mais l'animal pénétra dans une ruelle étroite, s'arrêta devant une petite porte, se coucha et posa son long cou sur le sol. C'était la demeure où la mère de Muhammad était née et où son père était mort.

Les habitants de Yathrib donnèrent à ce chameau le nom glorieux de Qaswa : celui qui vient de loin. Le chameau Qaswa vécut longtemps, car la population de Yathrib l'entoura de ses soins. Des années plus tard, il mourut de sa belle mort.

69

Une femme pour Zayd

La cité de Yathrib changea tout pour Muhammad.

Yathrib fut rebaptisée. Elle devint Madinat al-Nabi, ce qui signifiait : « La cité du Messager ».

Par abréviation, on l'appela Médine.

Muhammad entama une nouvelle vie à Médine.

Khadija était morte, La Mecque était loin et dans cette cité il était non seulement traité en vrai prophète, mais également en chef des tribus arabes. Les portes du paradis terrestre s'ouvrirent une à une devant Muhammad. Comme épouse, il n'avait nul besoin de la fille d'Abû Bakr, qui n'avait que neuf ans, car les tendres jeunes femmes de Médine s'offraient spontanément à lui : « Messager, prends-moi ! Bénis-moi ! »

Et Muhammad les bénissait.

Il était toujours demeuré fidèle à Khadija mais désormais il s'intéressait pleinement aux jeunes femmes. Cela prit même de telles proportions qu'Allah dut le saisir au collet : « Muhammad ! Ça suffit ! » Muhammad l'écouta et se contenta de ses femmes officielles et des innombrables et ravissantes esclaves qu'il s'arrogea plus tard comme butin de guerre.

Moi, Zayd, je voudrais raconter un événement personnel, mais j'hésite.

Je pose mon calame. Je dois y réfléchir.

Voilà, j'ai décidé de raconter cette histoire.

Les choses se déroulèrent ainsi :

Muhammad devint le Messager.

Abû Bakr devint le premier calife.

Omar devint le deuxième calife.

Othman devint le troisième calife.

Ali devint le quatrième calife.

Et Zayd devint le chroniqueur de Muhammad.

Et je témoigne en toute vérité : nous habitions encore à La Mecque et, selon les mots d'Abû Bakr, j'étais devenu un homme fort, un homme d'exception. Muhammad avait une jolie cousine. Si jolie qu'elle vous faisait songer à une jeune lune dans la nuit. Son nom était Zaynab. Elle avait dix-sept ans.

Un soir, Muhammad m'appela : « Zayd ! Je voudrais te parler. »

Tout en conversant, nous fîmes une promenade le long de la rivière sous les dattiers. Il dit : « Zayd, tu es devenu un homme. Que penses-tu de Zaynab ? »

Je fus touché par cette question inattendue. Je me tus, incapable de dire quoi que ce soit. Je n'avais jamais pensé à Zaynab, je n'osais pas. Elle était si belle, si élégante, qu'elle n'aurait jamais pu être mienne.

Le lendemain, Muhammad mit la main de Zaynab dans la mienne, récita une sourate et bénit notre union par les liens du mariage. C'est ainsi que Zaynab devint ma chère moitié. Elle dormait à mes côtés et devenait de plus en plus belle. Zaynab était la lumière dans ma maison et toutes les nuits je posais ma tête sur l'oreiller à côté de la sienne.

Mais lorsque nous fûmes à Médine, Zaynab cessa de penser à moi et commença à penser à Muhammad. Elle rêvait d'être admirée par le Messager, pas par son serviteur.

Un jour, elle était nue dans une grande vasque en cuivre et se lavait au milieu de la cour intérieure de notre maison. À ce moment, Muhammad entra à l'improviste. Son regard tomba sur Zaynab dans toute sa splendeur.

Je me tenais derrière la fenêtre et vis Muhammad. Il ferma les yeux et dit : « *Fa-tabaraka Allah ahsan al-khaliqin.* Allah soit loué pour avoir créé tant de beauté. »

Zaynab l'entendit et, à partir de ce moment-là, elle ne dormit plus à mes côtés. Elle savait que Muhammad la voulait. Et Zaynab quitta alors ma maison. Je n'avais pas le choix, je pris mes distances et la laissai s'en aller.

Muhammad était furieux contre moi.

Je me tus.

Muhammad m'ordonna de ramener ma femme à la maison.

Je me tus.

Allah envoya une sourate et me maudit.

Je me tus.

Muhammad dormit de nombreuses nuits avec ma Zaynab. Ensuite, il édicta une nouvelle règle :

« Ô vous qui croyez ! N'entrez pas dans des maisons qui ne sont pas les vôtres sans demander la permission ! Frappez d'abord à la porte afin de prévenir les habitants. Et en entrant, criez toujours de manière audible "*Salam*". Un *salam* pour la maison et un *salam* pour ses habitants. »

Zaynab devint la septième épouse de Muhammad.

70

La Mecque et Médine

Muhammad à Médine n'était plus comparable à celui qu'il était à La Mecque.

À La Mecque, il se faisait insulter, rouer de coups et on voulait le tuer. À La Mecque, sa prose était douce et ses textes, poétiques. À La Mecque, il n'était pas intéressé par les femmes, il mangeait à peine et riait peu.

À La Mecque, il était maigre, toujours songeur, et il perdait ses cheveux. À La Mecque, c'était un insurgé. À La Mecque, il était père de famille et l'époux de Khadija. À La Mecque, il avait une stratégie défensive.

Mais à Médine, il devint le chef de la cité. À Médine, il se régalait de femmes, mangeait comme un cheval arabe, se gorgeait de raisins, de figues et d'olives. Il enfonçait son index tout entier dans le pot de miel et le léchait. Et il n'attendit pas que sa femme Aïcha, âgée de neuf ans, soit un peu plus grande. Il se mit quelques gouttes d'huile d'olive dans les cheveux et aima Aïcha.

À Médine, sa prose se fit violente, la phase défensive appartenait clairement au passé. À Médine, il prit de l'épaisseur et devint un homme politique rusé. Il négociait, recourait au mensonge, et inventait de vils subterfuges.

À Médine, il jeta les fondations de son futur régime islamique. Il composa un code de cinquante-deux lois régissant les rapports entre les habitants de la cité, fondé sur diverses croyances religieuses. Il se présenta ainsi en tant que dirigeant de toute la population, juifs et chrétiens inclus. Pour apaiser les protestations obstinées des juifs, il imagina une tactique et conclut un accord en or avec eux : « Vous professez votre propre foi, mais si une guerre survient, vous serez mes alliés et combattrez contre mon ennemi.

« En échange de quoi, mes disciples et moi ferons deux choses : pour la prière, nous nous tournerons vers votre Temple sacré à Jérusalem et nous jeûnerons avec vous. »

Bien qu'à contrecœur, les juifs acceptèrent la proposition, car ils y voyaient comme un acte de soumission de Muhammad à l'ancienne foi juive.

Ensuite, Muhammad invita les chefs des chrétiens dans sa nouvelle mosquée, qui n'était pas encore terminée, et leur annonça la chose suivante :

« J'aime votre prophète Jésus. Marie aurait pu être ma mère. Mais je n'aime pas vos mensonges lorsque vous prétendez que Jésus est le fils d'Allah. Et je suis malade chaque fois que je vois un prêtre faire le signe de croix : “Au nom du Père, du Fils et du Saint-Esprit. Amen.”

« C'est une offense flagrante à Allah.

« Allah est Un ! Il n'a pas été engendré ! Et Il n'engendre pas !

« Allah n'a pas de fils ! »

Un accord fut conclu avec le grand prêtre de la cité. Les

chrétiens ne se signeraient plus en public. Ils s'abstiendraient également de désigner ouvertement Jésus comme étant le Fils de Dieu.

Pour sa part, Muhammad protégerait les chrétiens de la cité contre les violences et les humiliations perpétuelles infligées par les juifs.

Muhammad tenait à présent les éléments nécessaires au renforcement de son régime :

Il avait composé un code de cinquante-deux lois.

Il avait fait bâtir un lieu de rassemblement pour ses disciples : la mosquée.

Il avait déterminé un endroit saint vers lequel ses fidèles pouvaient se tourner : Jérusalem.

Il avait mis sur pied des ateliers où les forgerons fabriquaient pour lui des épées nuit et jour. Ainsi qu'un camp où ses disciples s'entraînaient au combat.

Tout cela eut lieu la première année de son séjour à Médine.

Il ne lui manquait plus que de l'or ou de l'argent.

71

Dans la mosquée

À Médine, Muhammad n'était presque plus jamais à la maison, il n'avait même pas de chambre à lui ni d'épouse qui l'attendait. En réalité, Muhammad vivait dans sa mosquée. Il était amoureux de sa mosquée. On pouvait l'y trouver jour et nuit. La mosquée était devenue le centre de son mouvement, toutes les décisions étaient prises là-bas. Tout accord conclu en dehors de la mosquée était nul et non avenu.

La mosquée avait été construite en bordure du centre. Au début, les fenêtres s'ouvraient vers Jérusalem. Elles donnaient sur un paysage magnifique, des vignobles verts, des amandiers et des plantations d'oliviers. C'étaient les jardins du délice du paradis, tels que décrits par Muhammad. À l'arrière, on avait placé une grande fenêtre avec vue sur les montagnes.

Muhammad déambulait fièrement dans sa mosquée, discutant à cœur ouvert avec ses fidèles occupés à aménager les jardins.

À La Mecque, je l'avais rarement vu joyeux, à présent j'entendais retentir son rire partout dans la mosquée.

L'attention qu'il recevait des femmes l'avait rajeuni et

embelli. À La Mecque, il courbait parfois l'échine sous les insultes et la forte pression qu'il avait sur les épaules, mais à Médine, il se tenait droit sur sa selle, s'avançait tel un roi sur la place du bazar et rayonnait de bonheur lorsque les femmes le montraient du doigt en disant : « Regardez, le voilà. C'est le Messager ! »

Abû Nuwâs, le poète de Médine, avait dédié un poème au cheval de Muhammad :

Existe-t-il vraiment une femme
aux tresses plus douces que
la crinière du cheval de Muhammad ?
Existe-t-il une femme
aux seins plus beaux que
la selle du cheval de Muhammad ?
Où donc trouver une femme
dont les yeux
brillent autant que les yeux
du cheval de Muhammad ?
Non, il n'existe pas une seule femme qui
comme le cheval de Muhammad tremble d'anxiété
lorsque le combat fait rage sur le champ de bataille
et tout à la fois reste calme.

Tout comme Muhammad, je portais l'épée et montais un cheval noir et intelligent. J'appris à me battre au camp militaire où s'entraînaient les disciples.

Et Médine était la cité la plus heureuse du monde, parce qu'il y poussait soixante-dix variétés de dattes aux soixante-dix noms différents et qu'elle s'apprêtait à devenir le centre d'une nouvelle et grande civilisation mondiale.

72

Salman al-Farisi, le guerrier perse

Dans la mosquée, Muhammad et ses conseillers s'asseyaient en cercle à même le sol au milieu de la salle de prière. Quant à moi, je marchais le long des fenêtres pour surveiller les alentours, tant à l'intérieur qu'à l'extérieur.

Les séances dans la mosquée étaient d'une nature différente de celles qui se tenaient naguère dans la maison de Muhammad à La Mecque. On y parlait davantage de tactiques de guerre ainsi que d'or, d'armes et de nourriture. Omar était entré en contact avec une poignée d'anciens combattants perses et en avait trouvé trois prêts à venir à Médine.

L'un d'eux s'appelait Salman, mieux connu sous le nom de Salman al-Farisi.

Il devint plus tard le conseiller de guerre personnel de Muhammad. Il était en ce temps-là proche de la trentaine, c'était un homme intelligent et un génie pour ce qui était de concevoir de nouvelles méthodes de combat. Salman dirigea les camps d'entraînement et les forges militaires.

C'était l'une des dernières nuits de l'année qui suivit la fuite de Muhammad à Médine. Salman et Muhammad étaient seuls à la mosquée. Ils discutaient penchés pardessus une carte qu'ils avaient déroulée sur le sol.

Lorsque leur conversation fut terminée, Muhammad m'appela.

La main posée sur mon épée, je me précipitai vers lui.

Il cita les noms de quarante hommes, dont je pris note. « Avant le lever du soleil. Sur le mont Uhud. Qu'ils prennent leurs épées. Et qu'ils ne sachent rien les uns des autres », dit-il.

J'enfourchai ma monture et chevauchai comme l'éclair à travers la cité afin de prévenir les hommes.

Le lendemain, avant le lever du soleil, ils étaient tous au pied du mont Uhud. Il faisait encore sombre, ils distinguaient mal les visages des autres hommes, n'étaient pas autorisés à se parler et ignoraient ce qui les attendait. Muhammad apparut et dit : « La nuit dernière, j'ai reçu une nouvelle mission d'Allah. Tout à l'heure, une importante caravane en provenance de La Mecque, transportant de l'or et des marchandises, arrivera dans la vallée par la mer Rouge.

« Nous attaquerons la caravane et nous emparerons de l'or et de l'argent pour la mosquée. Un tiers du butin vous reviendra, le reste sera pour la mosquée. »

Personne ne réagit, tout le monde écoutait en silence.

« Quelqu'un a-t-il une question ?

— Mais, Muhammad, nous sommes encore dans le mois saint du ramadan. Et la guerre est interdite pendant le ramadan. Pourquoi faisons-nous cela ? demanda un disciple.

— Ce n'est pas moi qui décide. Je ne sais pas pourquoi. C'est Allah qui décide. Il est omniscient. Et ce n'est pas une guerre ordinaire, mais une guerre sainte. Une guerre au nom d'Allah.

— Muhammad, est-ce du pillage ou bien une guerre ? demanda un autre.

— C'est un pillage saint. C'est ce qui m'a été transmis. »

Il n'y avait plus de questions. Muhammad indiqua à tous l'endroit de la montagne où aller se poster.

La caravane entra dans la vallée.

Muhammad hurla à pleine gorge : « *La ilaha illa Allah !* Il n'y a qu'un Dieu. C'est Allah ! »

Les disciples crièrent tous en même temps « Allah » et assaillirent la caravane. Surpris, choqués et perdus, les commerçants abandonnèrent leurs chevaux, leurs chameaux et leurs biens et s'enfuirent dans les montagnes.

Nous revînmes dans l'heureuse cité de Médine avec treize chevaux et cent cinquante-trois chameaux chargés d'or et de marchandises.

73

Le premier combat contre La Mecque

Debout sur un promontoire, le poète Abû Nuwâs déclama ce poème pour les soldats de Muhammad, lorsqu'ils défilèrent en armes après le pillage saint, devant leur chef, à la porte de la mosquée :

Ô toi, mon épée !
Toucher ton fil tranchant
Est comme caresser les seins doux
D'une jeune femme du désert.
Et lorsque je t'empoigne,
Il me semble tenir dans ma paume
Une grappe de raisin rouge, mûr et sucré.
La faim et la soif n'ont pas d'emprise sur moi
Et le fruit mûr et le plaisir des jardins du délice
Ne peuvent me retenir lorsque je galope sur mon cheval en te brandissant.

Après le premier pillage, les disciples y prirent goût et les suivants furent tout autant couronnés de succès. Tout le monde à présent voulait accompagner Muhammad. Chaque jour, à Médine, des dizaines de jeunes hommes et d'aventuriers arrivaient des quatre coins du pays pour se présenter devant Omar à la mosquée.

La Mecque était terrorisée par les rapines commises sur les routes du commerce. Muhammad menaçait de faire s'effondrer toute l'économie de La Mecque. Plus aucun marchand n'osait quitter la cité et plus personne n'osait s'y rendre.

Les autorités devaient réagir, il leur fallait attraper Muhammad et anéantir sa petite armée avant qu'elle ne devienne trop grande.

Abû Sufyân, le commandant de La Mecque, concocta un plan. Il envoya une caravane en direction de Médine avec neuf cent cinquante de ses combattants déguisés en marchands. On s'arrangea pour que Muhammad reçoive un message lui annonçant qu'une grande caravane chargée d'or et de marchandises approchait de la cité de Médine par la mer Rouge.

Les premières rapines avaient été exécutées par les hommes de Muhammad pieds et mains nus. Désormais, ils avaient des chevaux, des chameaux rapides et des épées légères et effilées. Ils avaient donc besoin d'espace et ne pouvaient plus assaillir l'ennemi dans un passage exigu.

C'est pourquoi Muhammad opta cette fois pour le désert, et ses soldats se cachèrent derrière les dunes. Mais lorsqu'ils attaquèrent la caravane, ils furent contre toute attente reçus par des combattants lourdement armés de la milice de La Mecque.

Les hommes de Muhammad, qui s'étaient préparés à ramasser de l'or et de l'argent, furent pris au dépourvu par ce revirement inattendu.

Que devait faire Muhammad ? Il se concerta d'urgence avec Salman al-Farisi et Abû Bakr.

S'ils retournaient maintenant à Médine, ils seraient poursuivis par l'armée de La Mecque et introduiraient ainsi la guerre à l'intérieur de la cité. Ils devaient se battre, il n'y avait pas de retour en arrière possible. Salman recommanda de procéder par des offensives courtes et rapides : « Attaquer, frapper et se retirer aussitôt. »

Et Muhammad de crier à ses disciples : « Qui mourra ira directement au paradis. Qui restera en vie recevra de l'or ! »

Par cent trente-sept fois nous prîmes la caravane d'assaut, par cent trente-sept fois nous frappâmes, par cent trente-sept fois nous lui infligeâmes de sérieux dommages en divers endroits et par cent trente-sept fois nous nous retirâmes. Du camp adverse, une partie fut tuée, une autre fut faite prisonnière et une dernière parvint à s'échapper. Du côté de Muhammad, quatorze hommes périrent.

De manière imprévue, la première guerre officielle entre La Mecque et Muhammad avait eu lieu et Muhammad avait gagné. La nouvelle fit le tour du pays. Muhammad n'était plus le dirigeant d'un groupe de rebelles. C'était devenu un seigneur de guerre.

Moi, Zayd, j'étais posté en haut de la tour de la porte de Médine afin de voir distinctement l'entrée triomphale des vainqueurs et prendre note du butin. Les habitants de la cité formaient deux rangs d'honneur à l'extérieur de la porte. Ils acclamaient Muhammad.

J'ai consigné par écrit le butin :

723 chameaux chargés d'épées, de matériel de combat et de marchandises factices ;

93 chevaux de combat ;

73 chameaux chargés de boissons et de nourriture ;

13 chameaux chargés de marmites et d'ustensiles de cuisine ;

23 chameaux chargés de vêtements et de chaussures ;

126 prisonniers de guerre ;

47 jeunes femmes faisant partie du voyage.

Pas d'or. Ni d'argent.

74

La guerre

Un an et demi après son humiliante défaite, La Mecque envoya une armée de trois mille hommes sous la direction personnelle d'Abû Sufyân vers Médine. Les juifs participèrent en secret. Ils soutinrent l'armée de La Mecque en lui fournissant des soldats, mais aussi des chevaux, des chameaux, de la nourriture et des armes.

Muhammad partit à la rencontre d'Abû Sufyân avec sept cents hommes.

Le poète Abû Nuwâs écrivit un poème pour les femmes de Médine afin d'encourager les combattants :

Ô vous, guerriers de Muhammad !
Si vous attaquez l'ennemi sans pitié,
Nous vous accueillerons dans les douces étoffes
Dont nous drapons nos corps
Et vous ferons goûter
Et jouir d'une autre sorte de plaisir.
Mais si vous tournez le dos à l'ennemi,
Vous ne recevrez plus de nos mains nulle coupe de vin
Et pourrez dire adieu à l'autre sorte de plaisir.

Las, les séduisants encouragements des femmes de Médine échouèrent et les combattants de Muhammad ne bénéficièrent plus de leur part d'aucune « autre sorte de plaisir » pendant un bon moment.

La guerre décisive commença et les soldats, comme un seul homme, suivirent Muhammad sur leurs chevaux entraînés au combat. Moi, Zayd, je chevauchais toujours en dehors du groupe afin de superviser la situation. Je n'avais cure de l'armée, de la guerre, de l'épée. Je n'étais que témoin, le témoin de la vie de Muhammad. Je portais l'épée, mais jamais je ne la dégainai pour combattre ou tuer. Je portais l'épée pour deux raisons : pour protéger Muhammad si quelqu'un venait à l'attaquer par-derrière et pour me défendre moi-même.

Je crois que tout le monde ne pensait qu'à l'or et à l'argent qu'il rapporterait bientôt comme butin de guerre à Médine. Mais il en alla autrement. Nous ne pûmes mettre à exécution aucune de nos tactiques guerrières. Leur assaut fut si implacable qu'il nous empêcha même de reprendre notre souffle. Cette guerre me fit éprouver l'enfer dont Muhammad parlait si souvent.

Abû Sufyân, le commandant de La Mecque, avait opté pour une vieille stratégie romaine. Nous attaquâmes l'ennemi non seulement par-devant, mais également par-derrière, en vain. Si nous fuyions par la droite, il nous y attendait. Si nous fuyions par la gauche, il s'y tenait aussi, prêt à nous tomber dessus. Il n'y avait plus d'issue, à moins qu'Allah ne dote chacun de nous d'une robuste paire d'ailes pour nous échapper par les airs.

Beaucoup périrent et ceux qui parvinrent à s'enfuir jetèrent leurs épées et abandonnèrent leurs chevaux pour chercher refuge dans le désert et se cacher derrière les dunes afin de sauver leur vie.

Muhammad criait : « Revenez ! Guerriers, revenez ! »

Mais personne ne l'écoutait.

Muhammad criait : « Guerriers, regardez le ciel ! Allah est en train d'envoyer Ses anges pour se battre à vos côtés. »

Mais personne ne leva les yeux, personne ne voulait voir les anges.

Omar, Othman, Abû Bakr et Salman chevauchèrent à toute vitesse en direction de Médine pour prendre position à la porte et défendre la cité contre une éventuelle invasion.

Les soldats de l'armée d'Abû Sufyân exultaient après la victoire. Ils agitaient leurs épées en l'air et décrivaient des cercles à cheval en hurlant leur joie. Non, ils avaient bien vu : il n'y avait plus un seul combattant de Muhammad visible sur le front.

Mais Muhammad, Ali et moi n'avions pas fui. Muhammad était le seul à encore tenter de remporter avec ses anges la bataille perdue et je le suivais partout afin de le protéger.

En vain, il continuait d'exhorter ses hommes en fuite : « Revenez ! Regardez le ciel ! Les anges arrivent ! »

Ali et moi fîmes une chose stupide. Une fraction de seconde, nous levâmes les yeux pour voir si des anges descendaient vraiment du ciel et à cette seconde précise, alors que notre attention se détournait de Muhammad, un homme à pied surgit de derrière une dune. C'était un soldat de l'ennemi et il reconnut Muhammad, même s'il sursauta à cette présence inattendue. Sans hésiter, il ramassa ensuite une pierre et la lança vers lui. La pierre toucha Muhammad au visage, lui cassant une incisive. L'homme lança une seconde pierre. Plus grosse cette fois. Celle-ci heurta la tête de Muhammad, qui perdit l'équilibre et tomba inconscient de son cheval.

Le soldat courut au sommet de la dune et cria, ébahi : « Muhammad ! Muhammad ! J'ai tué Muhammad ! »

Ali ne lui laissa pas une chance, il le transperça de son glaive et, pour tromper l'ennemi, se mit à galoper à toute vitesse en direction de Médine. Trois cavaliers le prirent en chasse.

Cela me donna le temps de mettre Muhammad à l'abri. Je le traînai dans un endroit tranquille. De mon épée, je lui coupai ses longues tresses, ôtai ses coûteuses bottes militaires et dénudai ses pieds, de sorte qu'on ne le reconnaisse plus en tant que dirigeant. Je le cachai derrière les buissons. Ensuite, j'enfourchai ma monture et chevauchai jusqu'à un endroit, non loin, où poussaient quelques arbres. Toujours à cheval, je me cachai derrière les troncs et continuai de veiller sur lui à distance.

J'attendis la nuit tombée pour rejoindre Muhammad, le hisser sur mon cheval et rentrer à Médine, droit chez le médecin.

Je partis ensuite à la recherche d'Abû Bakr. Je retournai vers les dunes, juste à l'extérieur de la cité, où les fuyards se tenaient prêts à contrer une éventuelle invasion de l'ennemi.

Ali avait prévenu Abû Bakr que Muhammad avait été blessé ; l'ennemi avait répandu la rumeur selon laquelle Muhammad était mort. Othman et Ali avaient cherché partout, mais ne nous avaient trouvés nulle part. Il régnait à présent une atmosphère de tristesse et l'on sentait que personne n'avait plus le courage de poursuivre le combat.

Je trouvai Abû Bakr auprès d'un groupe de chefs de tribu de la cité. Il ne s'attendait pas à me voir vivant, juché sur mon cheval. Il me demanda immédiatement des nouvelles de Muhammad. Je m'approchai de lui aussi près que possible. Je me penchai, portai ma tête à son oreille et dis :

« Muhammad est vivant, mais il est grièvement blessé.

— Où est-il ? demanda Abû Bakr.

— À Médine.

— Omar ! » cria Abû Bakr à pleine voix.

Omar apparut et me jeta un bref regard interrogateur. Abû Bakr murmura la nouvelle à l'oreille d'Omar.

Omar sauta sur son cheval et fila aussi vite que possible retrouver les soldats : « Longue vie à Muhammad ! Il est à Médine. Rassemblez-vous ! Défendez la cité ! Défendez vos femmes et vos enfants ! Défendez vos maisons et vos arbres ! »

Tous les hommes brandirent leurs épées et crièrent à l'unisson : « Vive Muhammad ! » Rien ni personne ne pouvait plus les décourager.

75

Les juifs

Après sa victoire, Abû Sufyân, le commandant de La Mecque, décida d'envahir Médine et de s'emparer de la cité. Mais bien vite il entendit que Muhammad n'était pas mort et que son armée était rangée en ordre de bataille sous la direction d'Omar devant la porte de la cité. Les chefs de tribu avaient en outre donné l'ordre à la population de défendre l'intérieur des murs sous la conduite d'Othman. Les hommes se tenaient aux carrefours, l'épée au poing, tandis que les femmes et les enfants étaient montés sur les toits, munis de flèches, d'arcs et de pierres, prêts à viser l'armée ennemie. Jamais La Mecque n'aurait pu dominer Médine.

Abû Sufyân se ravisa, craignant de perdre une guerre à l'intérieur de la cité. Ne serait-il pas plus judicieux de s'en tenir là pour l'instant et de revenir plus tard avec une armée plus grande ?

Médine attendait l'assaut, mais, à la stupéfaction générale, Abû Sufyân intima le repli à La Mecque.

Moi, Zayd, j'eus beau en parler à tout le monde, jamais je n'ai compris pourquoi il n'avait pas attaqué Médine.

Il savait par ses complices que Muhammad était blessé et provisoirement hors d'état de nuire. Il avait infligé de lourds dégâts à l'armée, pourquoi ne lui assénait-il pas le coup de grâce ? Avait-il vraiment peur de perdre lamentablement le combat à l'intérieur des murs de Médine ?

C'est possible ; la crainte d'une humiliation suprême pourrait avoir dissuadé Abû Sufyân d'envahir la cité. La Mecque aurait complètement perdu la face si la population de Médine avait terrassé Abû Sufyân et son armée et qu'aucun soldat n'était parvenu à fuir par la porte pour rapporter à La Mecque la nouvelle de la défaite.

C'est ainsi qu'Abû Sufyân battit en retraite avec ses troupes.

Le calme régna durant quelques mois, le temps que Muhammad se rétablisse. Ce dernier n'ignorait pas que La Mecque réfléchissait en secret à une stratégie afin d'envahir Médine. Il était au courant, mais savait aussi que l'ennemi ne viendrait pas tout de suite.

En attendant, il avait une autre affaire à régler : les juifs.

Muhammad, qui avait pris les juifs en grippe à la suite de leur collusion avec l'armée de La Mecque, comprenait que tant que les juifs seraient dans la cité, il ne pourrait remporter de guerre. Il attendait l'occasion propice pour résoudre définitivement cette question.

Son oncle Abbas l'avait déjà sévèrement critiqué pour l'accord passé avec eux : « C'était idiot de ta part, Muhammad. Les juifs t'ont berné. Pourquoi avoir choisi Jérusalem ? Si tu veux l'appui des grands marchands de La Mecque, tu dois opter pour la Kaaba, pas pour la mosquée des juifs. Tu ne dois jamais tourner le dos à La Mecque. La Mecque représente le commerce et la Kaaba, le pouvoir.

Reviens sur ta décision ! Dirige-toi vers la Kaaba, Muhammad ! »

Le moment était venu de rompre la promesse faite aux juifs.

« Les juifs nous ont trahis. Ils ont transmis des informations secrètes sur notre armée à La Mecque », disait tout le monde à Médine. Les disputes éclatèrent et l'on assista jour et nuit à de violentes discussions et bagarres entre juifs et Arabes.

Ainsi, au bazar, un homme juif complimenta une femme arabe. Se sentant offensée, celle-ci appela les hommes arabes à défendre son honneur. Les Arabes et les juifs en vinrent aux mains. Le conflit dégénéra et ils se battirent jusqu'au sang, provoquant la mort d'un Arabe.

Allah réagit séance tenante et révéla à Muhammad l'ordre dont il avait besoin : « Muhammad ! Déchire ton accord avec les juifs. Tu n'es pas tenu de respecter ta parole ! Ce sont des traîtres. Le juif est traître. »

Muhammad déchira la convention et mit les juifs sous pression afin qu'ils livrent le coupable. Les juifs refusèrent, mais le chef de la tribu de Banû Nadir le pria d'en discuter. Muhammad accepta l'invitation et se rendit chez lui. Ses hôtes avaient cependant projeté de l'assassiner. Muhammad eut vent de leur plan et réussit à s'échapper.

La patience de Muhammad était à bout et il prit la décision qui l'habitait depuis longtemps. Il donna aux juifs vingt-quatre heures pour quitter la cité. Chaque famille pouvait prendre autant de biens que pouvait en porter un chameau, mais devait laisser derrière elle son or et son argent.

Les juifs ignorèrent l'ordre, se retirèrent derrière les murs de leur quartier et en fermèrent la porte. Muhammad attendit toute une semaine, mais ils se terraient dans leurs maisons, refusant de s'en aller.

« Plus longtemps vous vous opposerez, plus dur sera votre châtiment. À présent, ce sont trois familles qui devront charger leurs affaires sur un seul chameau. »

De nouveau, les juifs n'écoutèrent pas et résistèrent deux semaines encore.

Muhammad fit alors une chose qu'il n'aurait pas dû faire : il mit le feu à tous leurs dattiers, détruisant leurs palmeraies. Cela blessa profondément les juifs et eut raison de leur opposition.

« Allez-vous-en, ou je brûlerai aussi vos maisons. Et maintenant, vous ne pouvez plus rien emporter. C'est un nouvel ordre d'Allah. »

Les juifs ne purent faire front plus longtemps : ils démolirent eux-mêmes leurs maisons, brisèrent leurs fenêtres, détruisirent leurs biens afin de ne rien laisser aux partisans de Muhammad. Puis ils quittèrent la cité, les mains vides.

Pendant leur retraite, cependant, leurs femmes frappaient avec force sur des tambours et exultaient, pour montrer à Muhammad que jamais il ne pourrait les abattre moralement.

À présent que Muhammad était le maître incontesté de Médine, il décida d'éliminer les juifs des villages environnants. Mais au préalable, il corrigea pour l'éternité deux de ses anciens décrets :

La Mecque est plus importante que Jérusalem. À partir d'aujourd'hui, nous changeons de direction et nous tournons vers la Kaaba durant la prière.

Nous ne jeûnons plus avec les juifs.

Il appela ensuite tous les Arabes de Médine à s'unir sous son drapeau vert.

La cité était en liesse. Les commerçants fermèrent leurs magasins et tout le monde se rangea derrière Muhammad.

76

Amr ibn Djihash, le vieux rabbin

Je cherchais un ancien habitant juif de Médine afin de lui céder la parole. Mais à présent que l'islam avait conquis la moitié du monde, plus aucun juif n'osait me parler.

Dans le village de Khaybar, je retrouvai la trace d'un rabbin renommé, originaire de l'ancienne cité de Yathrib. Son nom était Amr ibn Djihash et il avait atteint l'âge vénérable de quatre-vingt-dix ans. Il marchait voûté, quoique encore relativement bien, et avait l'esprit affûté.

Il vivait seul dans une chambre rudimentaire chez son fils aîné. Il avait pour tous biens une cruche à eau, un morceau de pain sec, un plateau de dattes fraîches et le petit tapis sur lequel il s'asseyait et dormait.

Il n'avait peur de personne. Je lui assurai tout de même que je ne répéterais notre conversation à personne et que personne n'en lirait le récit.

Il décida de me parler, mais à une condition : que son histoire figure intégralement dans mon livre, sans aucune modification et accompagnée de son nom. Je jurai sur le Coran d'honorer son souhait.

Ensuite, nous nous promenâmes à travers la tristement célèbre citadelle de Khaybar en direction des prairies.

Voici fidèlement transcrits les mots d'Amr ibn Djihash :

« J'ai passé toute ma vie dans des synagogues et lu presque tous les livres anciens, mais aucun prophète n'a usé d'autant de violence que ce Muhammad. Après les pharaons, aucune figure de l'histoire n'a fait autant de mal aux juifs que Muhammad.

« Bien sûr, nous ne pouvions pas accepter comme prophète ce mangeur de sauterelles analphabète. Il ne faisait qu'une bouchée des jeunes femmes et inventait des sourates pour justifier notre élimination.

« Nous le vîmes d'abord comme un insurgé ambitieux, puis comme un chef de tribu arriviste. Au début, nous pouvions encore nous asseoir autour d'une table avec lui et arriver à des compromis, mais lorsqu'il se mit à se comporter en nouveau Moïse, les choses se compliquèrent.

« Dès le moment où nous avons compris le dirigeant impitoyable qu'il était, nous avons bien sûr cherché des alliés afin de le neutraliser. Durant des siècles, nous avions eu le pouvoir à Yathrib et nous maîtrisions le marché. Mais une fois qu'il s'est emparé de la cité, il a tout fait pour nous en bannir. Il est parvenu à ses fins et nous a chassés de la cité, avec nos femmes et nos enfants. Il nous a dépouillés de tous nos biens, même des chaussures de nos enfants. Il a rasé Khaybar, mon village, et brûlé tous les arbres.

« Nous savions qu'il n'était pas fiable, mais nous avions sous-estimé son charisme. C'était un homme hors du commun. Et cela, nous ne l'avions pas encore compris à l'époque.

« Plus tard, tous les juifs se sont réunis et nous l'avons attaqué. Sans résultat. Il a gagné. Plus tard encore, nous nous sommes battus avec l'armée de La Mecque contre lui. Toujours en vain. Il a de nouveau gagné.

« Après qu'il eut conquis le pouvoir dans tout le pays, nous ne voyions plus d'échappatoire : il nous fallut accepter que Muhammad était un messager, qu'Allah était le nouveau Dieu et le Coran, le nouveau Livre sacré.

« C'est ainsi que, par le biais de la violence, il s'est rangé aux côtés des anciens prophètes, allant jusqu'à se proclamer le dernier prophète sur la terre.

« Ce rusé de Muhammad a truffé son Livre presque aux deux tiers d'histoires tirées de notre Torah, mais partout dans le Coran, il maudit les juifs.

« J'ai un pied dans la tombe, si bien que je n'ai pas peur de dire mon opinion. Et tu peux inscrire la chose suivante dans ton livre à l'intention des personnes qui vivront dans le futur : "Au moment où vous lisez ceci, Amr ibn Djihash gît déjà dans son tombeau, mais il crie haut et fort, depuis sa dernière demeure : Muhammad n'était pas un messager. C'était le prophète des voleurs !" »

77

Aïcha, la favorite de Muhammad

Le calme était revenu à Médine. Muhammad se tenait tranquille. Il se contentait pour l'instant de l'or des juifs et laissait les caravanes circuler en paix.

Pour brosser le tableau de sa vie en ces jours paisibles, je laisse la parole à l'ancienne servante de sa jeune épouse favorite, Aïcha. Elle s'appelle Bayt Kulthum et a aujourd'hui plus de soixante ans.

« Kulthum, raconte-moi quelque chose de beau à propos de cette époque, dis-je.

— Quelque chose de beau, répéta Kulthum en souriant. Que puis-je bien te raconter, réfléchissons un peu. J'étais toujours auprès d'Aïcha, j'étais en fait sa seconde mère. C'était une volonté de Muhammad. C'est moi qui l'accompagnai lorsque Muhammad décida de partager sa couche avec elle. Et je lui appris la façon de se comporter. C'est pourquoi je reçus l'honorable nom de Bayt Kulthum, "la mère du foyer".

« Oh oui, je me souviens d'une anecdote amusante. J'étais dans ma chambre et par la fenêtre je vis Muhammad et Aïcha passer dans la cour. Muhammad était fou d'elle et lui accordait toutes les libertés. Il avait largement plus de cinquante ans, elle en avait quatorze. Il lui faisait des niches, tirait sur ses cheveux roux, la taquinait puis s'enfuyait, et Aïcha s'amusait à le poursuivre. Il était souple et fort. Tout à coup, Aïcha lui sauta sur le dos, le mordit à l'oreille et le poussa au sol. Muhammad s'agenouilla en se tenant l'oreille de douleur tandis qu'Aïcha riait à gorge déployée et le défiait une nouvelle fois de l'attraper.

« Un autre jour, Aïcha entendit des musiciens dans la rue. Elle avait envie de les voir. Or Muhammad venait d'interdire la musique. Aïcha ne voulait rien savoir de cette interdiction.

« J'entendis Muhammad lui dire : “Aïcha ! Allah a interdit la musique !

« — Mais tu es mon époux, répondit-elle.

« — Je ne peux rien faire pour toi. C'est entre toi et Allah, dit Muhammad.

« — Mais tu es mon époux.”

« Aïcha insista tant que Muhammad finit par se baisser à côté du mur pour qu'elle puisse grimper sur son dos et regarder par-dessus le mur les musiciens qui jouaient dans la rue. »

Une autre anecdote revint à Kulthum : « Muhammad et Aïcha se promenaient sur un chemin à l'ombre des grands dattiers. Moi je marchais comme d'habitude à quelque distance derrière eux. “Le premier arrivé au dernier arbre a gagné”, dit soudain Aïcha.

« Et ils se mirent tous les deux à courir comme des fous. Je courus derrière eux pour voir comment ça se terminerait. Au début, Muhammad était en tête, mais Aïcha le rattrapa et c'est elle qui gagna. Elle lui tapota le ventre et dit : “Mon mari a grossi.”

« Pour Muhammad, cette victoire restait un sujet sensible. Il parlait toujours du triomphe d'Aïcha avec un sourire. Et je remarquai qu'il avait commencé à moins manger. Peu de temps après, il emmena Aïcha sur ce même chemin et dit : “Qui est le plus rapide jusqu'au dernier arbre ?”

« Aïcha partit telle une fusée, mais cette fois, Muhammad la rattrapa et gagna.

« Alors il lui tapota les fesses et dit : “Ma femme a grossi !” »

Tandis que Kulthum racontait, je me souvenais que Muhammad aimait la course. C'était un participant assidu des compétitions athlétiques organisées par ses troupes.

Il aimait aussi la lutte. Omar était son adversaire le plus coriace. Contre Omar, il ne gagnait jamais.

Après chaque combat, Muhammad disait : « Le corps d'Omar est en fer lorsqu'il se bat. Dans ses yeux brûle le feu de l'enfer. Seul le diable peut le battre. »

Souriant, Kulthum fit un geste pour dire qu'elle avait encore autre chose à raconter. « Un jour, Aïcha me montra une sourate de Muhammad dans laquelle il s'était accordé à lui-même une règle spécifique dans le Coran. Les femmes musulmanes pouvaient se donner au prophète si elles le souhaitaient expressément.

« Aïcha était furieuse de ce texte, furieuse contre Muhammad. La jalousie l'empêchait de dormir et elle se disputait avec lui : “Il me semble que ton Allah se hâte bien de satisfaire les désirs de ton corps !” »

Une autre favorite de Muhammad était Hafsa, la fille d'Omar, âgée de vingt-quatre ans.

« Hafsa avait un talent que n'avait pas Aïcha, dit

Kulthum. Hafsa savait lire, Aïcha aussi. Hafsa savait écrire, Aïcha aussi. Mais Hafsa composait des vers et ça, Aïcha n'en était pas capable. Par son charme, Hafsa obtenait de Muhammad qu'il fasse ses devoirs et apprenne à lire et à écrire. Cela non plus, Aïcha n'y était jamais parvenue.

« Aïcha ne tenait pas en place. Dès que Muhammad entrait dans sa chambre, elle lui sautait sur le dos.

« Hafsa était calme au contraire et laissait Muhammad poser sa tête sur ses genoux et lui lisait un livre.

« Aïcha n'était encore qu'une enfant, elle offrait à Muhammad sa jeunesse et sa beauté. Hafsa brodait sur son mouchoir un texte de Muhammad en fils de toutes les couleurs. Aïcha était verte de jalousie, elle se plaignait toujours auprès de moi : "Cette sorcière essaie avec ses fils rouges, jaunes et bleus d'ensorceler mon mari." »

78

La tranchée

Même si Muhammad ne préparait pas activement la guerre à venir, il ne perdait pas La Mecque de vue un seul instant. Il avait assez de complices à La Mecque qui travaillaient pour lui. Hamza était l'un d'eux. Ce dernier s'enfuit précipitamment de La Mecque et galopa durant des jours et des nuits vers Médine pour prévenir Muhammad d'un grand danger. Hamza me conta lui-même l'histoire :

« Ma mère travaillait dans la cuisine d'Abû Sufyân. Elle me racontait tout ce qui s'y passait et je transmettais l'information à Muhammad. Mais malgré mes tentatives, il m'était impossible de savoir quand Abû Sufyân avait l'intention de partir avec son armée à l'assaut de Médine. C'était un secret qu'il conservait dans son cœur.

« Un jour, je le vis quitter la cité avec une armée d'environ dix mille hommes. Je sautai sur mon cheval et galopai aussi vite que je pus en direction de Médine. Je chevauchai jour et nuit et changeai sept fois de cheval.

« À Médine, je me rendis tout de suite à la mosquée où Muhammad devait faire sa prière du soir. Vite, j'enlevai mes chaussures, courus vers lui, m'agenouillai, épuisé, devant lui, l'embrassai sur l'épaule gauche et murmurai à son oreille : “Dix mille hommes sont en route. Tu as encore huit à dix jours.” »

Muhammad se leva d’un bond.

« Va prévenir les hommes ! » me dit-il.

Et tout de suite, moi, Zayd, je parcourus la cité pour avertir Abû Bakr, Omar, Othman et Salman al-Farisi.

Peu de temps après, ils étaient tous réunis dans la mosquée. Je fis apporter une réserve de bougies, de nourriture et de boissons. Jusque tard dans la nuit, ils se concertèrent et étudièrent toutes sortes de possibilités.

S’agissant de dix mille hommes, contenir l’ennemi à l’extérieur de la cité, dans la montagne, était impossible.

Fermer la porte et défendre Médine depuis les murs ne semblait pas non plus réalisable. L’ennemi avait assez de force et de moyens pour les escalader et pénétrer à l’intérieur de la cité.

Soudain, Salman al-Farisi proposa un plan génial, une ancienne technique militaire perse : « Nous pouvons creuser une tranchée tout autour de la cité et maintenir l’ennemi derrière la tranchée. »

Une tranchée ?

Personne ne savait ce qu’était une tranchée. À quoi cela ressemblait-il ?

Le mot était tombé. On n’avait guère le temps d’objecter.

« Rassemble les chefs de tribu », me dit Muhammad.

Je galopai au milieu de la nuit en direction des maisons des chefs de tribu et les tirai hors du lit : « Vous devez tout de suite venir à la mosquée ! »

Ils arrivèrent à cheval, un à un, à la mosquée.

« Nous avons besoin de tous les habitants de la cité.

Hommes, femmes, enfants, tout le monde », leur dit Muhammad.

Le lendemain matin, les crieurs publics grimpèrent sur les toits, soufflèrent dans leurs porte-voix et annoncèrent la nouvelle : « Que chacun se rende à la porte avec une pelle, une pioche et un seau ! »

Deux heures plus tard, des centaines de personnes étaient devant la porte. Muhammad s'adressa à eux : « Médine s'apprête à passer à la postérité. L'ennemi arrive avec dix mille hommes. Allah m'a donné l'ordre de creuser une tranchée tout autour de la cité. Qui participe profitera autant des jardins merveilleux de Médine que des jardins fabuleux du paradis. Nous avons sept jours et six nuits. Nous commençons immédiatement. Quiconque quittera la cité sera considéré comme de connivence avec l'ennemi et abattu sur place. »

Le poète Abû Nuwâs écrivit un poème. Il monta sur son cheval et s'adressa à la foule :

« Médine !
Ô toi ! L'épouse des cités du monde,
Nous allons t'immortaliser
Par une tranchée.
Femmes de Médine !
Écartez-vous de vos maris dans le lit conjugal
Et poussez-les vers la porte de Médine.
Hommes ! Saisissez vos pioches !
Creusez durant six nuits !
Quand vous aurez fini seulement
Les femmes auront pour vous des coupes
Dans leurs mains
Et parmi elles se trouvera une épouse

Pour l'éternité. »

Tout le monde se mit à creuser, pelleter, cuisiner, chanter, se quereller, fumer, rire, réciter des sourates et prier. Et il se passa six jours inoubliables et cinq nuits irréelles avant qu'enfin la tranchée soit creusée.

Tous les hommes se tenaient là, dans ce fossé vide et profond, et personne ne savait ce qui devait advenir ensuite.

Muhammad prit une pelle et creusa personnellement le sillon jusqu'à la rivière qui coulait à l'extérieur de Médine. Tout le monde poussa des hurlements de joie lorsque la rivière, tel un torrent magique, afflua dans le fossé.

Abû Sufyân approchait de Médine avec ses dix mille soldats. Il comptait conquérir la cité en un jour. Il ne savait encore rien de la tranchée, car l'accès de la cité était sévèrement gardé par Omar et ses hommes. Aucun complice d'Abû Sufyân n'avait pu entrer ou sortir de Médine pour l'avertir.

Abû Sufyân s'attendait à rencontrer l'armée de Muhammad quelque part hors de la cité, mais il n'y avait pas un homme, pas un âne, pas un chien, pas un chameau à l'horizon dans les environs de Médine. Au loin, il vit le mur de la cité et la porte, mais la tranchée restait encore invisible.

Lorsque les soldats approchèrent, ils virent qu'un miracle s'était produit. La cité était entourée d'eau. Jamais auparavant ils n'avaient été témoins d'une telle chose.

Médine était devenue inaccessible.

Abû Sufyân attendit une semaine de l'autre côté du fossé. Il était impuissant.

Que pouvait-il faire ? Rien.

Muhammad avait gagné la guerre sans effusion de sang.

79

L'accord

La Mecque commençait à comprendre qu'il ne s'agissait pas seulement de Muhammad, mais d'un mouvement désormais impossible à ignorer. Et s'ils voulaient sécuriser le commerce à La Mecque, ils n'avaient qu'une solution : frapper à la porte de Muhammad.

Muhammad reçut les signaux de paix et y réagit positivement. Une rencontre fut entendue. Abû Sufyân partit en délégation restreinte en direction de la petite cité d'Hudaybiya, située entre La Mecque et Médine.

Muhammad mit lui aussi le cap sur Hudaybiya avec sa propre délégation. Et comme ils ne voulaient pas tenir leur réunion chez l'habitant, ils se rejoignirent hors de la cité, à l'ombre des amandiers.

Aucune des deux délégations ne voulant s'asseoir, on resta debout, face à face. En demi-cercles distants.

Said ibn al-Jubayr était le chroniqueur d'Abû Sufyân.

Moi, Zayd, j'étais le chroniqueur de Muhammad.

Nous nous assîmes tous deux par terre sans nous serrer la main. Nous étions encore ennemis.

La conversation commença. Toujours debout, les hommes prirent la parole à tour de rôle.

Ensuite, les délégations se retirèrent pour se concerter et revinrent face à face afin de poursuivre la négociation.

Ce fut long et tendu, mais l'on sentait qu'aucune des deux parties ne souhaitait rentrer bredouille à la maison. Chacun voulait, quoi qu'il en coûte, parvenir à une entente.

Après une demi-journée d'âpres discussions, l'accord suivant fut conclu :

Dix ans de trêve ;

Muhammad n'attaque plus les caravanes ;

La Mecque ne forme pas d'alliances contre Muhammad ;

Muhammad ne forme pas d'alliances contre La Mecque ;

Muhammad et ses hommes peuvent se rendre à la Kaaba les jours saints, mais sans autre arme que leur épée ;

Lorsque Muhammad et ses hommes entrent dans La Mecque, les habitants de La Mecque restent dans leurs maisons.

La situation dérapa toutefois lorsque Muhammad voulut parapher l'acte de sa chevalière. La délégation de Muhammad entendait faire inscrire au-dessus du protocole la formule d'ouverture du Coran : « *Bism Allah al-rahman al-rahim* ; au nom d'Allah, le Clément, le Miséricordieux. »

La délégation de La Mecque ne voulait rien savoir. Elle disait : « Il n'est prouvé nulle part que votre Allah soit clément et miséricordieux. »

Après une longue et presque violente discussion, la phrase fut ramenée à : « *Bismi rabbik* ; au nom du Créateur. »

Mais les choses n'étaient pas résolues pour autant. Une autre controverse éclata à propos de la chevalière de Muhammad. Ce dernier signa en effet de sa bague sigillaire : « Muhammad, le messager d'Allah. »

Or la délégation de La Mecque prétendait ne pas connaître de Messager. Muhammad devait parapher de son nom officiel, c'est-à-dire Muhammad ibn Abdallah, Muhammad, le fils d'Abdallah.

Au grand mécontentement de son camp, Muhammad obtempéra et signa en tant que Muhammad ibn Abdallah.

Alors seulement, Muhammad et Abû Sufyân se serrèrent la main.

Nous, les notaires, nous serrâmes la main également.

Les membres des deux délégations firent de même, fût-ce avec un peu de gaucherie et d'embarras.

Le camp de Muhammad était fâché contre lui, parce qu'il s'était prêté à tant de compromis, mais Muhammad leur répondit : « Soyez patients. Allah m'a demandé de conclure cet accord. Je ne sais rien. Il sait tout. »

Exultants, nous reprîmes alors le chemin de Médine.

80

Muhammad se rend intouchable

Une semaine plus tard, Muhammad m'appela dans sa chambre. Il ferma la porte et dit : « Prends ton cheval et va sans t'arrêter jusqu'à Habasha. »

La tête penchée, j'écoutais sans mot dire.

« Personne ne peut savoir où tu vas. Une fois là-bas, tu te mettras en quête de la fille d'Abû Sufyân. »

Habiba, la fille cadette d'Abû Sufyân, habitait dans le pays voisin, le pays d'Habasha. Elle était veuve de fraîche date et avait trois enfants.

Muhammad mit un collier de pierres précieuses colorées dans ma paume et dit : « Demande la main d'Habiba au nom du messager d'Allah. Tout doit avoir lieu immédiatement. Ne lui laisse pas la possibilité de dire non. »

Je connaissais Muhammad mieux que moi-même, c'est pourquoi je ne m'étonnais jamais des ordres impromptus que je recevais de lui. Je sellai mon cheval et partis aussitôt. Je parcourus une longue route avant d'atteindre la cité d'Habiba. Posant des questions alentour, je me mis à sa recherche et la trouvai dans une grande maison de pierre derrière le marché. Sa domestique m'ouvrit.

« Je suis envoyé par Médine. J'ai un message pour Habiba, la fille d'Abû Sufyân. »

Elle me dévisagea avec attention. La poussière du voyage recouvrait encore mon visage et mes épaules, et mon cheval avait soif. Elle ordonna à un valet de mener mon cheval à l'écurie. Puis elle me donna un bol d'eau et me fit attendre dans la cour.

Il ne fallut pas longtemps avant qu'une belle jeune femme fasse son apparition, suivie de trois petits enfants courant derrière elle. Je compris qu'il s'agissait d'Habiba et vis combien elle ressemblait à son père.

Je m'inclinai : « Mon nom est Zayd. Je suis envoyé par Muhammad le Messager. »

Sa domestique nous regardait à distance et ses valets surveillaient la situation derrière les fenêtres.

« J'ai un message pour vous que je ne peux vous transmettre que seul à seule. »

Elle m'emmena dans sa salle de réception. Je lui remis le collier et dis : « J'ai pour mission de demander votre main au nom du Messager », et je lui donnai la lettre personnelle de Muhammad. La fille de l'homme le plus puissant de La Mecque savait comment se comporter. Elle avait d'emblée saisi les enjeux.

Elle lut la lettre et regarda par la fenêtre.

La fille d'Abû Sufyân n'était pas seulement belle, elle était aussi intelligente. Je n'eus pas besoin de parler longuement. Elle avait certainement eu vent des rumeurs d'accord de paix entre Muhammad et son père.

« Combien de temps ai-je pour réfléchir ? demanda-t-elle.

— Vous n'en avez pas beaucoup, répondis-je, si vous êtes d'accord, je règle tout séance tenante et nous pouvons partir demain à l'aube. Personne n'est au courant. »

Elle alla faire quelques pas dans la cour.

Elle comprenait qu'elle devait prendre cette décision seule, que c'était urgent et que le secret devait être maintenu jusqu'à ce qu'elle ait atteint Médine et franchi le seuil de la maison de Muhammad.

Que pensait-elle ? Je m'approchai de la fenêtre et la suivis du regard.

Ainsi fit-elle voir qu'elle était la fille d'Abû Sufyân : lorsqu'elle revint dans la pièce, sa réponse étincelait autour de son cou. Elle s'était parée du collier de Muhammad.

Je lui posai tout de même officiellement la question : « Acceptez-vous la demande de Muhammad le Messager ?

— Oui », répondit-elle.

Je récitai une courte sourate du Coran et bénis ainsi son mariage avec Muhammad.

Le lendemain, nous partîmes avec ses enfants et ses valets à dos de sept chameaux vers Médine.

Lorsque cette petite caravane entra par la porte de Médine, personne encore ne savait qui était cette femme ni ce que sa présence signifiait.

Habiba se présenta aussitôt avec ses enfants devant la maison de Muhammad. Il les accueillit et essuya de sa main nue la poussière des chaussures de son épouse tandis qu'elle était encore sur la selle de son chameau.

La nouvelle fut alors annoncée publiquement.

Abû Sufyân reçut le message également.

Son grand ennemi Muhammad était devenu son gendre. Et membre de sa tribu. Désormais, personne à La Mecque ne pourrait plus tuer Muhammad sans le consentement exprès d'Abû Sufyân.

81

Hafsa, la rivale d'Aïcha

Muhammad était déjà connu dans tout le pays, mais la victoire miraculeuse grâce à la ruse de la tranchée l'avait propulsé au faîte de la gloire. Il avait remporté une guerre contre l'armée de La Mecque sans effleurer son épée.

Et il avait couché la fille d'Abû Sufyân dans son lit.

Muhammad ne pouvait accomplir de miracles à la manière de Moïse et Jésus, non : il était lui-même un miracle.

On eût dit qu'il était intouchable. Rien n'échappait à son contrôle et il discutait tout dans les moindres détails avec ses conseillers afin de limiter d'éventuels préjudices.

Son attention étant monopolisée par La Mecque, il n'avait guère de temps à consacrer à Aïcha. Il ne vit pas qu'en couchant avec la belle Habiba, il avait réactivé en sa jeune épouse le poison de la jalousie.

Il avait également oublié que les poètes de La Mecque, passés maîtres dans l'art de la raillerie, attendaient depuis des années déjà un événement qui leur eût permis de le ridiculiser.

Ils cherchaient. Ils trouvèrent.

Muhammad, qui était arrivé à un compromis solide avec La Mecque, avait désormais les mains libres pour briser ce qu'il restait d'opposition, notamment celle des juifs des villages entre Médine et La Mecque.

Chaque fois qu'il quittait Médine avec son armée, il emmenait l'une de ses épouses.

Quand ce fut au tour d'Aïcha de l'accompagner, il se passa un incident qui devait s'avérer lourd de conséquences pour les femmes du monde entier.

Personne mieux qu'Hafsa ne pouvait narrer cet épisode, l'ayant vécu de près. Elle était la fille d'Omar et la deuxième jeune épouse favorite de Muhammad.

Hafsa et Aïcha étaient rivales.

À présent qu'elles étaient toutes deux veuves de Muhammad, je rendis visite à Hafsa. Elle me reçut dans sa salle de réception de rêve, entourée de sept servantes. L'une d'elles lui alluma son narguilé, l'autre lui apporta une tasse de thé sur un plateau en or et une autre encore, des friandises.

« Aïcha était une femme raffinée et elle l'est restée, dit Hafsa. Avant, elle se comportait comme si Muhammad n'avait qu'une et une seule femme : elle. Aujourd'hui, elle se comporte comme si elle était l'unique veuve de Muhammad. Elle se prend pour la reine du pays. Vois son train de vie, elle se déplace à dos d'éléphant.

« Laissons-la jouer à la reine, mais que personne n'oublie l'histoire que je vais raconter maintenant.

« Muhammad voulait repartir avec son armée. Cette fois, c'était au tour de sa vieille épouse Salama de l'accompagner. Mais Aïcha sut la corrompre en lui proposant une chaîne et elle prit sa place.

« Aïcha était rusée, personne n'aurait pu croire qu'elle cachait un amant. Comment peut-on avoir une idée pareille quand on est la femme du Messager ? Mais elle avait un amant et Muhammad prit sa défense, hélas.

« Alors que le combat était fini et qu'ils étaient sur la route du retour, ils firent halte dans le désert pour se reposer. Aïcha s'esquiva discrètement ; elle se cacha derrière une dune et attendit que tout le monde soit parti. Ce n'est qu'une fois l'armée arrivée à Médine que l'on se rendit compte de l'absence d'Aïcha. On la chercha partout, en vain. Le pauvre Muhammad pensait que sa belle épouse aux cheveux roux avait été capturée par les juifs vaincus. Mais ces derniers lui assurèrent qu'ils ne l'avaient pas enlevée.

« Le lendemain, Aïcha apparut au lever du soleil sur un chameau à la porte de Médine.

« À qui appartenait ce chameau ? Au jeune et beau commandant Sufyân. »

Moi, Zayd, je m'en souviens encore. Le pauvre Muhammad demeura impuissant lorsqu'il apprit la nouvelle.

Il tenta d'endiguer les dégâts, mais il était trop tard, les poètes avaient déjà affûté leurs calames et grâce aux ennemis leurs satires se répandirent comme une traînée de poudre d'un bout à l'autre du pays :

Où est Aïcha ?
Derrière une dune.
Qu'y fait-elle ?
Nul ne le sait.
Seul l'Allah de Muhammad le sait.
Car Il sait tout.

82

Le voile

Muhammad ramena Aïcha à la maison et verrouilla la porte intérieure. Ils commencèrent à se disputer et l'enfer éclata dans la maisonnée.

Kulthum, la servante personnelle d'Aïcha, a tout entendu. Aïcha affirmait en pleurant n'avoir aucun reproche à se faire.

« Où étais-tu ? hurla Muhammad, désemparé.

— Je devais retourner à la dune, répondit Aïcha entre deux sanglots.

— Pourquoi n'es-tu pas revenue quand on est repartis ?

— Je suis revenue, mais je me suis rendu compte que j'avais perdu mon précieux collier, celui que tu m'as offert. Je l'ai longtemps cherché et pendant ce temps vous êtes tous partis.

— Tu mens ! cria Muhammad.

— Je ne mens pas ! Je ne mens pas ! Je ne mens pas ! » hurla Aïcha et elle se mit à se frapper elle-même.

Muhammad l'aimait et ne pouvait supporter de la voir souffrir.

« Qu'est-ce que je dois dire aux gens maintenant ?

— Allah sait que je suis innocente, répondit-elle.

— Va te laver le visage ! Je vais réfléchir à ce que je dois faire, dit Muhammad, épuisé.

— Tu es mon mari, le Messager. Tu peux beaucoup », observa Aïcha.

Et cela en resta là.

Mais Muhammad ne pouvait bâillonner les poètes. La pression ne cessait d'augmenter. Même les généraux laissaient paraître leur mécontentement. Ali fit remarquer que l'explication d'Aïcha ne le convainquait pas, tandis qu'Omar et Othman lui suggérèrent de renvoyer la fille temporairement chez ses parents.

Muhammad n'avait pas le choix. Contre son gré, il suivit leur conseil.

La paix revint. Mais, selon Hafsa, elle fut de courte durée.

« Muhammad avait renvoyé Aïcha chez son père, Abû Bakr. Muhammad couchait alors dans ma chambre, raconta Hafsa. Mais il était incapable de dormir, il parlait d'Aïcha toute la nuit. Il était fou d'elle, pleurait dans mon lit.

« Il maudissait les poètes. Il disait que c'étaient des imbéciles. Au petit matin, il me laissa seule. »

Muhammad se précipita chez Abû Bakr. Il frappa à la porte et Kulthum ouvrit.

« Où est Aïcha ? » cria-t-il.

À nouveau, des mots durs furent échangés. Aïcha commença ensuite à pleurer doucement et se plaindre : « Muhammad le Messager prête l'oreille aux calomniateurs. J'ai perdu beaucoup de poids, je suis devenue maigre. Je ne suis plus belle. Mon visage est pâle. Et ce n'est pas à cause des poètes, mais à cause de mon mari.

« Il sera ma mort.

« Il sait que je suis innocente, mais il ne fait rien. »

Muhammad se mit à trembler, à parler de manière indistincte. Aïcha connaissait ces moments, elle savait qu'il était en train de recevoir un nouveau texte d'Allah. Elle se releva immédiatement, prit une couverture, recouvrit la tête et les épaules de Muhammad et l'aida à se coucher. Muhammad s'agitait sous la couverture, parlait à toute allure. Il était en conversation avec Allah. Cela dura un moment avant qu'il ne reçoive le message. Puis il s'endormit comme une masse.

Aïcha ôta la couverture. La sueur coulait de la tête de Muhammad dans sa nuque, elle l'essuya avec l'ourlet de sa robe et l'embrassa sur le front. Muhammad avait reçu l'ordre d'Allah de reprendre Aïcha à la maison.

J'ai noté la sourate :

Frappez de quatre-vingts coups de fouet ceux qui accusent les femmes honnêtes sans pouvoir désigner quatre témoins et n'acceptez plus jamais leur témoignage. Ce sont des pervers.

Ceux qui calomnient des femmes honnêtes, insouciantes et croyantes seront maudits en ce monde et dans la vie future. Ils subiront un terrible châtiment.

Un jour, leurs langues, leurs mains et leurs pieds témoigneront contre eux sur ce qu'ils ont fait.

Dieu leur versera, ce jour-là, la juste rétribution qui leur est due. Ils sauront alors qu'Allah connaît la Vérité.

Muhammad, dis aux croyants de baisser leurs regards, d'être chastes. Ce sera plus pur pour eux. Allah sait tout.

Et dis aux croyantes de baisser leurs regards, d'être chastes, de ne montrer que l'extérieur de leurs atours, de rabattre leurs voiles sur leurs poitrines, de ne montrer leurs atours qu'à leurs époux, ou à leurs pères, ou aux pères de leurs époux, ou à leurs fils, ou aux fils de leurs époux, ou à leurs frères, ou aux fils de leurs frères, ou aux fils de leurs sœurs, ou à leurs servantes ou à leurs esclaves, ou à leurs serviteurs mâles incapables d'actes sexuels, ou aux garçons impubères.

Muhammad, dis-leur encore de ne pas frapper le sol de leurs pieds pour éviter de montrer leurs atours cachés.

À partir de ce moment, les femmes durent se parer d'un voile en public et ne furent plus autorisées à exposer leur beauté aux yeux d'hommes inconnus.

C'est à cette époque que les gens commencèrent à pourvoir la porte de leurs maisons d'un heurtoir. Lorsque les femmes entendaient le coup de marteau, elles disparaissaient dans leurs chambres.

83

La marche sur La Mecque

Après ce langage clair tenu par Allah à propos d'Aïcha, les calomnies se turent. Et afin d'entériner le code, deux poètes furent châtiés sur la place du marché de quatre-vingts coups de fouet pour avoir répandu de nouveaux vers satiriques.

Il y avait par ailleurs de l'agitation dans l'air à Médine. Chaque jour était porteur d'un nouvel incident et l'on n'avait plus guère le temps de s'occuper du cas d'Aïcha. Muhammad avait conclu un armistice de dix ans avec La Mecque, mais moi seul, Zayd, et Allah savions quels plans diaboliques lui trottaient dans la tête.

Des quatre coins du pays, des dizaines de jeunes gens arrivaient chaque jour, seuls ou en groupes, pour s'enrôler dans l'armée de Muhammad. Ce dernier envahissait les uns après les autres tous les villages juifs situés entre Médine et La Mecque. Il désarmait les hommes et rapportait les armes à Médine.

Deux ans plus tard, Muhammad déchira l'accord de paix et partit sans crier gare avec quinze mille hommes en direction de La Mecque.

Hormis ses conseillers, personne à ce moment ne savait

où il conduisait son armée. Ils voulaient garder la destination secrète jusqu'au dernier moment.

L'aube se levait lorsque Muhammad, à l'extérieur de Médine, grimpa sur un promontoire et s'adressa à l'armée : « Ce n'est pas vous qui tirez, c'est Lui qui tire. Ce n'est pas vous qui tuez, c'est Lui qui tue. »

C'était un message qu'il avait reçu d'Allah la nuit précédente. Il cria : « Allah combat avec nous ! »

Tous ses hommes l'acclamèrent et brandirent leur épée.

Abû Sufyân fut averti en urgence par ses complices que Muhammad avait quitté Médine avec une grande armée. Nous étions en plein mois saint, en plein jeûne du ramadan. Il avait tout envisagé, mais pas une guerre, encore moins une marche inopinée de Muhammad sur La Mecque. Car Muhammad s'en était jusqu'alors strictement tenu aux accords. Il n'attaquait plus les caravanes et avait même fait un jour le voyage à La Mecque avec un groupe de disciples. Abû Sufyân l'avait en outre régulièrement rencontré ces deux dernières années et ils avaient mangé et parlé ensemble. Cela après que Muhammad se fut marié avec sa fille.

Mais non, le doute n'était plus possible : Muhammad ne pouvait faire route que vers une seule destination, et c'était La Mecque.

Moi, Zayd, je chevauchais derrière Muhammad. Nous étions à présent tout près de La Mecque et l'armée s'arrêta à une distance de sécurité du mur de la cité, où les flèches ne pouvaient pas nous atteindre.

C'était une guerre déterminante. Muhammad avait complètement démantelé le système de pouvoir des juifs. Pourtant, l'on continuait de parler d'eux à chaque réunion.

Ils ne pouvaient provisoirement plus se révolter, mais si Muhammad venait à perdre la guerre contre La Mecque, ils pourraient conjuguer leurs forces pour s'emparer à nouveau de Médine.

Muhammad devait gagner cette fois ; il n'envisageait pas d'alternative. Il était prêt à anéantir La Mecque s'il le fallait.

Les habitants de La Mecque furent surpris par la présence inattendue de l'armée devant la porte de la cité. Effrayés, ils rentrèrent chez eux au pas de course, fermant à double tour les portes de leurs maisons. Les gens savaient ce qu'ils avaient fait à Muhammad et ce qui les attendait s'il envahissait la cité. Ils le savaient capable d'embraser La Mecque par vengeance.

Le premier objectif de Muhammad était de conquérir la cité sans se battre. Pour cela, il comptait sur Abû Sufyân. Car Habiba avait tenté de bâtir un début d'amitié entre son époux et son père, et avait été une ambassadrice de confiance entre ces deux hommes obstinés.

Elle remettait les salutations de Muhammad à son père lorsqu'elle allait en visite de famille à La Mecque et remettait les salutations de son père à Muhammad lorsqu'elle rentrait à Médine.

À présent, Muhammad se tenait tout à coup devant la porte de La Mecque. Et Abû Sufyân sentait son épée dans la nuque.

Au préalable, Muhammad avait dépêché Ali à La Mecque afin qu'il y rencontre son oncle Abbas et l'envoie en tant que médiateur chez Abû Sufyân.

Des années plus tard, Ali s'est souvenu pour moi de cette journée :

« J'entrai dans La Mecque, déguisé en marchand. Je ne pouvais frapper chez Abbas qu'une fois que Muhammad se tiendrait avec son armée devant la porte de La Mecque.

« Muhammad était arrivé et je marchais dans les rues de La Mecque. Les grands marchands fuyaient la cité. Les propriétaires d'esclaves abandonnaient leurs champs et leurs cultures à leurs esclaves et prenaient la fuite en direction des grottes dans les montagnes.

« Tout le monde se réfugiait chez soi et se barricadait à l'intérieur. Les commerçants chargeaient leurs marchandises sur des chameaux et les rapportaient chez eux afin de les mettre en sécurité. Ils savaient que, si l'armée envahissait la cité, les disciples de Muhammad saccageraient tous les magasins.

« C'était le chaos, je n'avais jamais vu La Mecque ainsi. Les gens étaient terrorisés ; ils n'avaient pas l'ombre d'une envie de se battre.

« Je me dirigeai à mon aise vers la maison d'Abbas et frappai. Son domestique entrouvrit la porte et demanda ce que je voulais. Je dis que j'étais envoyé par Médine et que je voulais parler en tête à tête avec Abbas. Le domestique eut peur en entendant le nom de “Médine”, il referma la porte et me fit attendre dehors.

« Un peu plus tard, la porte se rouvrit. Cette fois sur Abbas en personne. Je le saluai, il me reconnut, me pria d'entrer et je lui fis tout de suite part de la chose suivante : “Muhammad vous demande de parler à Abû Sufyân en tant que médiateur d'Allah. Muhammad exige qu'Abû Sufyân franchisse la porte de la cité et vienne à pied vers lui. Voilà le message. Je n'ai rien d'autre à ajouter.”

« Abbas enfila sa veste et cria : “Mon cheval !” »

84

La Kaaba

Maintenant, l'armée était prête et attendait l'ordre de Muhammad pour attaquer.

Hormis Abû Bakr, Omar, Othman, Ali et moi, personne ne savait que Muhammad avait envoyé son oncle Abbas en tant que médiateur chez Abû Sufyân.

La porte de La Mecque était close et je voyais que Muhammad ne pouvait en détacher les yeux. Au-dessus des murs, il y avait des soldats. Leurs flèches étaient dirigées sur nous.

Imperturbables, Omar et Othman orchestraient les préparatifs. Les artisans assemblaient des échelles avec lesquelles les guerriers pourraient tout à l'heure escalader les murs et pénétrer dans la cité. Des hommes forts avaient abattu de grands dattiers pour enfoncer la porte. Les chameaux et les chevaux furent positionnés derrière la ligne de front. Les troupes s'apprêtaient à un combat de rue.

Comme c'était le mois saint de ramadan, Muhammad avait fait une exception. Il avait ordonné à ses soldats de boire et de manger convenablement.

Muhammad attendait.

J'attendais.

Muhammad fixait la porte.

Abû Sufyân apparut, fit quelques pas et s'immobilisa. Abbas sortit à son tour, rejoignit Abû Sufyân et s'arrêta à côté de lui.

Muhammad cria : « En position ! »

L'armée se mit en place. Muhammad me fit signe. J'intimai à mon cheval de faire un pas en avant et approchai mon oreille vers lui.

Ensuite, je galopai vers Omar, me penchai et chuchotai à mon tour : « Marchez vers Abû Sufyân ! Traitez-le comme un roi et conduisez-le dans la tente de Muhammad. »

Omar saisit le drapeau vert de l'armée, le leva bien haut et chevaucha avec un groupe d'hommes en direction d'Abû Sufyân. Lorsqu'il fut tout près, il mit pied à terre et poursuivit, le drapeau à la main, vers Abû Sufyân. Il baissa un peu son étendard et invita le Mecquois à l'accompagner. Abû Sufyân suivit Omar, tandis que les cavaliers les escortaient, l'air solennel.

Omar cria : « Baissez vos flèches ! »

L'armée dirigea ses flèches au sol.

Muhammad accueillit Abû Sufyân devant sa tente blanche et l'invita à entrer. Je fis retomber le rideau devant l'ouverture de la tente.

Après une courte discussion, Muhammad reparut devant la tente et dit : « Amenez-moi mon chameau ! »

C'était le chameau blanc sur lequel Muhammad se déplaçait lors des festivités à Médine. Le chameau avait un visage adorable, il marchait dignement et irradiait la paix. Je fis agenouiller l'animal aux pieds d'Abû Sufyân. Ce dernier s'assit dessus et je fis relever l'animal.

Ainsi Abû Sufyân retourna-t-il dans sa cité.

À ce moment, Ali était près de la porte. De là, il voyait tout et attendait la suite.

« Les habitants de La Mecque, qui avaient fermé leurs magasins dans le bazar et se tenaient dans leurs maisons, surveillaient la cité par les fenêtres, dit Ali. Personne ne bougeait, les gens avaient même sommé leurs chiens et leurs chats de se tenir tranquilles.

« Lorsque Abû Sufyân entra dans la cité sur le chameau blanc de Muhammad, je n'en crus pas mes yeux. Cela signifiait-il que Muhammad avait conquis la cité ? Le chameau serait-il vraiment le symbole de la victoire ? Je reculai dans une ruelle afin de laisser passer Abû Sufyân ; son attitude ne laissait absolument rien deviner. Lorsqu'il fut passé, je le suivis à distance. Les gens l'observaient depuis leurs fenêtres. Il alla directement chez lui, entra et referma la porte. »

Moi, Zayd, je revois encore les crieurs publics de Muhammad entrer à dos de chameau dans la cité, munis de leurs porte-voix en cuivre, et annoncer :

« Qui reste chez lui aura la vie sauve.

Qui a cherché son salut dans la maison d'Abû Sufyân sera amnistié.

Quiconque sortira de chez lui sera tué.

Que personne ne sorte jusqu'à nouvel ordre ! »

Muhammad pénétra ensuite à cheval à l'intérieur de la cité, suivi de l'armée répartie en trois colonnes.

La première colonne était sous la direction d'Abû Bakr, elle suivait Muhammad et allait droit vers la place de la Kaaba.

La deuxième colonne était sous la direction d'Omar, qui prit le chemin de droite vers la place de la Kaaba.

La troisième colonne était sous la direction d'Othman, qui prit le chemin de gauche vers la place de la Kaaba.

Lorsque les trois colonnes furent rassemblées sur la place de la Kaaba, Muhammad mit pied à terre et entra dans la Kaaba, l'épée à la main.

Je lui emboîtai le pas, un long tas de corde épaisse sur l'épaule droite.

Muhammad marcha vers Al-Uzza, l'idole principale de La Mecque. Il jeta la corde autour du cou de la grande déesse de pierre et tira. Al-Uzza se cassa en mille morceaux, le sol trembla, des offrandes, des lanternes et des flambeaux tombèrent.

Muhammad mit en lieu sûr la plus grande divinité, qui s'appelait Hubal. Lorsqu'il fit construire plus tard la première mosquée de La Mecque, il ordonna d'enterrer l'idole devant l'entrée de la mosquée, afin que tout le monde la piétine en en franchissant le seuil.

Muhammad sortit et fit signe à Bilal, le crieur public.

Bilal posa une échelle contre le mur de la Kaaba, grimpa sur le toit et cria :

« *La ilaha illa Allah*
Wa Muhammad rasul Allah ! »

Sous la conduite d'Omar, trente-cinq hommes forts entrèrent dans la Kaaba munis de masses. Ils détruisirent les autres idoles, emportèrent les fragments sur la place et formèrent un tas. Tout l'or et les bijoux furent mis dans de grands sacs, chargés sur des chameaux et apportés dans l'ancienne maison d'Abû Bakr, pour y être conservés. Le soleil venait de descendre derrière la montagne lorsqu'on finit de vider la Kaaba.

Muhammad monta sur un promontoire et cria :

« La Kaaba est la Maison d'Allah ! »

Et il ordonna de l'honorer.

Quinze mille hommes firent sept fois le tour de la Kaaba en chantant :

« *Labbayka Allahumma labbayka !*

Wahdahou wahdahou wahdahou wahadah ! »

Durant la nuit, des dizaines d'hommes furent tirés de leurs habitations et tués sur-le-champ. Il s'agissait d'hommes ayant du sang sur les mains et qui ne pouvaient sous aucun prétexte être graciés. Muhammad demeura quinze jours à La Mecque. Ensuite, il remit les rênes de la cité à Abû Bakr et retourna à Médine.

85

Le Coran et l'épée

Je n'étais plus le Zayd d'autrefois.

Je n'écrivais plus assis par terre. J'étais devenu le chroniqueur du Royaume d'Allah.

Dans la mosquée de Médine, on m'aménagea une pièce séparée, avec un bureau, mes plumes d'oie et mon encrier. Il y avait également toutes sortes de rouleaux de papier et de parchemins dans l'armoire. J'avais moi-même orné les murs de textes du Coran, que j'avais écrits sur de grands draps blancs.

Le temps où je ne possédais qu'une seule paire de chaussures et la portais jusqu'à ce qu'elle soit cassée était révolu. À présent, j'avais diverses paires de souliers ainsi que plusieurs vestes, que j'alternais selon l'occasion.

Je lisais plus que jamais, car je pouvais désormais commander tous les livres que je désirais.

Je ne le faisais pas pour moi-même, mais pour Muhammad, parce qu'il était l'homme le plus puissant du pays et parce que je savais qu'il deviendrait l'homme le plus puissant du monde.

Un tel dirigeant avait besoin d'un chroniqueur élégant et érudit.

Muhammad entrait régulièrement dans mon bureau.

« Ferme la porte à clé », dit-il un jour.

Je verrouillai la porte de l'intérieur et compris qu'il avait une lettre importante à me faire écrire.

« Trois lettres au contenu identique, dit-il.

— Quelle sera la longueur du texte ? demandai-je.

— Il sera court, répondit-il.

— Quel papier dois-je utiliser ?

— Un papier spécial ! »

Je découpai trois morceaux dans un papier d'un blanc laiteux importé de Chine. Je pris mon calame le plus fin et regardai Muhammad, prêt à noter ses mots.

Il dicta, j'écrivis :

Du messager d'Allah
À Parviz, roi de l'Empire perse

Au nom d'Allah
Je demande au roi des Perses d'embrasser l'islam.
S'il accepte, il sera sauvé.
S'il refuse, il portera la responsabilité des conséquences.

Signé,
Muhammad le Messager

Lorsque le grand roi perse eut lu la missive de Muhammad, il la déchira et la jeta par terre. Ensuite, il renvoya l'estafette les mains vides.

Sept ans plus tard, Omar, l'épée au poing, envahit l'Empire perse avec des milliers de soldats. Les hommes pillèrent les palais et Omar y mit le feu de sa main.

L'attaque fut si massive et soudaine que Parviz n'eut pas

le temps de réfléchir. Il sauta sur son cheval et s'échappa en direction des frontières orientales. Le soir, épuisé, il frappa à la porte d'un moulin pour demander s'il pouvait y passer la nuit.

Le meunier ne savait pas qui il était. La nuit, il le décapita pour lui voler son coûteux manteau.

La deuxième lettre fut envoyée à Héraclius, empereur de Byzance.

Lorsque l'empereur lut la lettre, il se chargea lui-même de décapiter l'estafette. Muhammad envahit l'Empire byzantin avec son armée, mais il perdit la bataille.

Il n'insista pas et sut, en retirant ses hommes, limiter les pertes.

La troisième lettre fut envoyée à Nadjashi, roi du pays voisin, Habasha.

Ce dernier embrassa l'islam et envoya à Muhammad de l'or, des épices particulières et odorantes, de somptueuses étoffes et deux esclaves à la beauté extraordinaire.

Ces deux femmes splendides s'appelaient Maryam et Shirin.

Muhammad coucha avec les deux la même nuit.

86

Le voyage nocturne

La vie souriait à Muhammad. Le jour, il rayonnait tel le soleil et la nuit telle la lune. Il était parvenu à unir toutes les tribus du pays sous son drapeau vert. Le moment était venu de rendre visite à Allah pour discuter avec Lui de leurs projets pour le monde.

J'en entendis parler pour la première fois au marché.

« Muhammad a fait un voyage au ciel.

— Quoi ?

— Il a rencontré Allah au septième ciel.

— Qui t'a dit ça ?

— Tout le monde le sait. Tout le monde ne parle que de son voyage nocturne. »

Moi, Zayd, j'ignorais tout de sa visite à Allah. Muhammad n'avait pas dit un mot de son voyage nocturne en ma présence.

Les gens savaient même ce qu'Allah avait dit à Muhammad et quels ordres il avait reçus :

« Muhammad ! Attaque l'Empire perse. Délivre les Perses de ces rois corrompus. Mets fin à leur fausse foi en Zarathustra. Et détruis leurs temples du Feu. Il n'y a qu'un seul Dieu et c'est moi : Allah ! »

Pour le reste, je ne sais rien de ce voyage nocturne, mais il est mentionné dans le Coran :

« Gloire à celui qui a fait voyager de nuit son serviteur de la Mosquée sacrée à la Mosquée très éloignée. »

Moi, Zayd, je ne suis qu'un *katib*, un chroniqueur, c'est pourquoi je ne puis exprimer mon opinion personnelle. Mais il me faut cette fois clarifier pour mes futurs lecteurs quelle est la source de mes informations.

Je ne suis pas en mesure d'attester si c'est Muhammad qui le premier a parlé de son voyage nocturne ou si ce sont les gens de la rue qui l'ont inventé pour lui. Mais j'ai ma propre version de ce voyage nocturne, que je n'ai entendue que plus tard de la bouche de Muhammad.

C'était après la victoire sur La Mecque. Nous étions à Médine, chez Muhammad, dans la cour intérieure, quand Aïcha arriva soudain avec sa domestique. Elle fonça sur Muhammad et dit : « Pourquoi est-ce que tout le monde le sait sauf moi ? Pourquoi faut-il que je l'apprenne de la bouche d'inconnus au marché ? Ne suis-je pas l'épouse du Messager ?

— Moi non plus, je ne pouvais pas le savoir à l'avance, répondit Muhammad en souriant. Je ne saurai jamais ce qu'Allah a l'intention de faire. Il sait tout, et je ne sais rien, mais je vais te raconter quelque chose qu'encore personne ne sait. »

Moi, Zayd, je ne parvenais pas à déchiffrer s'il était sérieux ou s'il voulait taquiner Aïcha.

« J'étais seul dans mon lit, dit Muhammad, et je réfléchissais, les yeux fermés. Tout à coup, j'ai entendu mon nom. J'étais invité à me rendre auprès d'Allah. Je n'étais pas encore revenu de ce bonheur qu'un cheval blanc ailé est apparu. Je suis monté en selle et le cheval s'est envolé à une vitesse extraordinaire dans le ciel. Nous sommes passés devant la Lune et d'autres planètes que je n'avais encore jamais vues. Je sentais que le cheval traversait les différentes couches du firmament. Lorsque nous sommes arrivés au septième ciel, il s'est arrêté devant une porte imposante, j'ai mis pied à terre et je suis entré. C'était un grand et merveilleux jardin rempli de vieux arbres, de fleurs au parfum prodigieux, de chutes d'eau magiques, d'oiseaux mystérieux, de mouches d'or, de papillons d'argent, de fourmis rouges, de chats élégants aux yeux verts et brillants et de grands cerfs à la ramure impressionnante. Il y avait aussi de belles jeunes filles portant des pichets de vin. Étais-je au paradis ? Ou étais-je dans la cour d'Allah ? À ce moment, j'ai entendu des pas sur un sentier pavé d'or derrière les arbres. Était-ce Allah ?

— Et alors ? demanda Aïcha, émerveillée.

— Le reste est un secret entre Allah et Son messager, dit Muhammad d'un ton sérieux.

— Oui, mais elles étaient belles comment, les filles dans le jardin d'Allah ? demanda Aïcha, la voix hésitante.

— Elles étaient belles, extraordinairement belles, mais aucune d'elles n'était plus belle que mon Aïcha. »

Plus tard, Muhammad revint avec une nouvelle version de son voyage. Je l'ai reprise dans le Coran sous le titre « L'étoile » :

Au nom d'Allah
Il est miséricordieux

Il donne
Il pardonne

Par l'étoile lorsqu'elle disparaît !
Votre compagnon Muhammad n'est pas égaré ;
il n'est pas dans l'erreur ;
il ne parle pas à sa guise.
Mais une Révélation lui a été inspirée.
L'ange Gabriel la lui a fait connaître.

Allah, celui qui possède la force, s'est tenu en majesté,
alors qu'Il se trouvait à l'horizon suprême ;
puis Il s'est approché et s'est tenu en suspens.
Il était à une distance de deux portées d'arc – ou moins encore – et a révélé à Son serviteur Muhammad ce qu'Il lui révéla.
Le cœur n'a pas inventé ce qu'il a vu.

87

Hassan et Hussein, les petits-fils de Muhammad

Muhammad était plus heureux et plus puissant que jamais. Mais je voyais ce qui n'était encore apparu à personne. Muhammad avait vieilli. D'un coup. On aurait dit qu'il n'en avait pas eu le temps avant la conquête de La Mecque et qu'il avait attendu pour cela de s'emparer de la cité.

Je le remarquai lorsqu'il monta en selle pour retourner à Médine. Durant le voyage à travers le désert, il était silencieux, je l'observais de derrière, il chevauchait voûté, perdu, comme si après la conquête de La Mecque, le monde s'arrêtait.

Parfois, il oubliait tout, il oubliait son Allah, son Coran, sa Mecque, son armée, ses belles épouses, et ne pensait plus qu'à ses petits-fils, Hassan et Hussein. Les fils de sa fille adorée Fatima, l'épouse d'Ali.

Une délégation de puissants commerçants de La Mecque venait d'arriver à Médine. Ils étaient censés se réunir avec Muhammad à la mosquée au sujet de l'application d'une taxe sur le grand commerce.

Muhammad les devançait à cheval tandis que les

marchands le suivaient, vêtus comme des rois sur leurs chevaux princiers. Nous chevauchions en direction de la mosquée. En chemin, je constatai que Muhammad, de manière inopinée, changeait de direction. Je crus qu'il voulait faire un détour et rejoindre la mosquée par la place du marché afin de montrer à ses invités les rénovations du centre. Mais il contourna le centre et poursuivit sa route. Je voulus lui demander où il allait, mais gardai le silence.

La délégation nous suivait, les marchands admiraient l'activité dans les rues et constataient combien Médine, jadis oasis de paix, s'était transformée en une cité animée. Il y avait partout du mouvement. De nouveaux bâtiments, de nouvelles artères, de nouveaux ponts. Petit à petit, nous arrivâmes dans le quartier où habitaient Ali, son épouse Fatima et leurs deux enfants, Hassan et Hussein.

Je me dis que Muhammad voulait tenir la réunion à dessein en dehors du centre, dans la maison d'Ali. Mais comment aurais-je pu imaginer que ses petits-fils lui manquaient et qu'il voulait les contempler un instant avant sa réunion avec les marchands ?

Lorsque nous fûmes arrivés chez Ali, Muhammad s'arrêta. Il descendit de cheval et me dit : « Je reviens tout de suite. »

Il entra sans informer la délégation.

Je tins les hommes occupés en leur décrivant les changements dans la cité ainsi que les nouveaux bâtiments destinés à accueillir le gouvernement national. Je leur expliquai aussi qu'une grande caserne était en construction hors des murs de la cité.

L'absence de Muhammad durait plus longtemps que prévu et je vis que la délégation commençait à s'interroger.

« Il prend quelques conseils auprès d'Ali », leur dis-je.

Nous patientâmes encore un peu, en vain. Préoccupé, je frappai à la porte et entrai. La scène à laquelle j'assistai était inacceptable sachant que les autorités de La Mecque étaient en train de l'attendre.

Ali était sorti avec son fils aîné et avait laissé Hussein avec sa mère à la maison. Hussein pleurait parce que son père était parti sans lui. Et Muhammad ne pouvait supporter de voir Hussein pleurer : il était tellement obnubilé par l'idée de rendre le sourire à Hussein qu'il en avait complètement oublié la délégation.

Bouche bée, je regardais Muhammad sans bouger.

« Ce n'est rien, il ne faut plus pleurer. Viens, on va chercher ton papa », dit Muhammad au petit Hussein. Muhammad se mit à quatre pattes à côté d'Hussein et lui fit : « Allez hop, sur mon dos ! Comme ça, on trouvera ton papa plus vite. »

Le petit Hussein grimpa tant bien que mal sur le dos de Muhammad et s'y installa en vacillant.

« Tu es bien assis ? » demanda Muhammad.

En guise de bride, le petit Hussein agrippa les tresses de Muhammad et dit : « Oui. Maintenant je suis bien assis.

— Mais attends un petit peu, dit Muhammad, qu'est-ce que je suis, au juste ? Un cheval ou un chameau ?

— Un chameau », répondit Hussein.

Et Muhammad se mit à marcher à quatre pattes, ondulant tel un chameau.

88

Par l'astre nocturne

La dernière heure de Muhammad approchait. Il était à l'apogée du bonheur lorsqu'il rendit son dernier souffle.

Tout à coup, une forte fièvre s'empara de lui. Mais quand la fièvre fut partie, son esprit aussi semblait l'avoir quitté. Muhammad n'était plus le même, comme une bougie qui se serait éteinte pendant la nuit.

Il avait perdu beaucoup de poids et tenait péniblement sur ses jambes. Le Messager ne pouvait plus marcher. Épuisé, il s'adossait au mur de la cour.

On voulut le porter jusqu'à la mosquée, mais il refusa, disant : « Je préfère ramper plutôt qu'on me porte. »

Prenant appui contre les murs, il marcha jusqu'à la mosquée.

Aïcha le suivait du regard, derrière le rideau, et pleurait en silence.

Abû Bakr était à La Mecque, il était aux commandes de la cité. Omar, Othman et Ali étaient constamment sur la route afin de faire appliquer partout dans le pays le nouveau système réglementaire.

Il n'y avait plus personne à la mosquée pour conduire la prière.

Un jour, Muhammad me dit : « Zayd ! Je ne peux plus quitter mon lit, mais les gens m'attendent à la mosquée. Vas-y, toi, et dirige la prière à ma place ! »

Je me lavai immédiatement les mains, les pieds et le visage, enfilai des vêtements propres, ceignis l'épée de Muhammad, sellai mon cheval et gagnai la mosquée. À la grande tristesse de chacun, je me tournai vers La Mecque et dirigeai la prière.

À partir de cet instant, Muhammad n'alla plus à la mosquée.

Il se reposait toute la journée dans son lit et je lui lisais un nouveau livre apporté par le courrier. C'était un code grec que l'on avait traduit spécialement pour lui.

« Stop ! dit-il à un moment donné. J'en ai assez, lis-moi un passage du Coran ! »

Je cherchai dans ma mémoire un beau texte et récitai cette sourate, tandis que Muhammad écoutait, les yeux clos :

« Lorsque le ciel se déchirera,
il écoutera son Seigneur et il fera ce qu'il doit faire.
Lorsque la terre sera nivelée,
qu'elle rejettera son contenu et qu'elle se videra,
elle écoutera son Seigneur et elle fera ce qu'elle doit faire.
Alors toi, l'homme qui te tourne vers ton Seigneur,
tu Le rencontreras. »

Muhammad demeurait immobile tandis que des larmes coulaient dans sa barbe grise. Je vis que la récitation du Coran était pour lui le meilleur des remèdes. Je déclamai un autre texte :

« Par le ciel et par l'astre nocturne !
Comment pourrais-tu savoir ce qu'est l'astre nocturne ?
C'est une étoile qui brille d'un vif éclat.
Que l'homme considère donc ce avec quoi il a été créé.
Il a été créé d'une goutte d'eau répandue,
sortie d'entre les lombes et les côtes.
Allah a le pouvoir de ressusciter l'homme
Le jour où les secrets seront dévoilés.
Par les nuages qui se gonflent de pluie !
Voici, vraiment, une parole décisive. »

89

Au seuil de la mort

Muhammad ne pouvait plus sortir.

Sa fille Fatima lui rendait visite presque chaque jour et emmenait ses fils. C'était la dernière distraction de Muhammad. Il avait toujours une surprise pour Hassan et Hussein, auxquels il offrait des bonbons fabuleux. Les marchands de La Mecque savaient comment faire plaisir à Muhammad. Ils lui rapportaient des friandises de pays lointains pour ses petits-enfants. Moi, Zayd, je cachais ces friandises partout dans la chambre et dans la cour, sous les dattiers et entre les buissons, afin que les enfants puissent les chercher et les montrer à Muhammad. Je ne l'ai jamais vu aussi heureux que lors de ces chasses aux bonbons.

Abû Bakr, Omar, Othman et Ali étaient de retour à Médine, mais le médecin leur avait interdit de se rendre trop souvent au chevet de Muhammad car alors ce dernier cherchait à grappiller des informations sur la situation du pays. Seul Abû Bakr était autorisé à lui en communiquer les grandes lignes.

« Zayd, je veux aller me coucher dans la chambre d'Aïcha », me dit Muhammad une nuit.

Je ne pouvais m'y résoudre, mais je pensai : Muhammad désire partir.

Aussitôt, je fis savoir à Aïcha que Muhammad voulait se coucher auprès d'elle.

La jeune Aïcha fut saisie d'épouvante à l'idée que Muhammad fût au seuil de la mort, mais le fait qu'il veuille mourir dans son lit la transportait de bonheur. Elle pleurait de joie et de chagrin et ses mains tremblaient tandis qu'elle préparait son lit pour l'accueillir.

Nous aidâmes Muhammad à se relever. Il passa un bras autour de mon épaule et un bras autour de l'épaule d'Aïcha. Et ainsi, nous le portâmes dans le lit de sa favorite.

Aïcha veilla sur lui telle une tigresse et ne laissa personne entrer dans sa chambre. Surtout pas les autres épouses de Muhammad. Même pas sa fille Fatima.

J'ai retenu ses mots :

« Le Messager veut être auprès de moi.

Le Messager m'appartient maintenant.

Le Messager a choisi de reposer à mes côtés.

Ne vous approchez pas de ma chambre.

Sa mission est terminée.

Il n'y aura plus d'autres messages.

Le Coran est complet. »

Son père, Abû Bakr, voulut rendre visite à Muhammad, mais Aïcha s'interposa : « Père ! Sa mission est terminée. Laisse-le en paix ! Il n'est plus messager ! »

Abû Bakr la poussa sur le côté pour entrer. Aïcha éclata en sanglots : « Père, pourquoi ne m'écoutes-tu pas ? Mon mari dort. »

Moi, Zayd, j'étais le seul autorisé à entrer dans la chambre d'Aïcha et j'exécutais ses ordres.

« Zayd, je voudrais me reposer quelques instants. Veux-tu bien veiller sur lui ? »

Je me postais alors devant sa chambre et veillais.

Un jour, elle cria : « Zayd ! La fièvre est revenue. Il est brûlant. Zayd, peux-tu prévenir le médecin ? »

J'entrai dans la chambre, tâtai le front de Muhammad. On aurait dit un poêle et il était inconscient.

« Dois-je prévenir Abû Bakr ?

— Oui, va chercher mon père », répondit-elle en pleurant.

Je me rendis aussi chez Omar, Othman et Ali, et les informai.

Ils vinrent tous. Sur le visage du médecin, on put lire que le Messager avait entamé son dernier voyage.

Sur ordre d'Abû Bakr, j'apportai une grande cuve en cuivre, dans laquelle habituellement on se lave. Abû Bakr déshabilla Muhammad, Ali et Omar l'aidèrent à entrer dans la cuve. Othman versait doucement de l'eau sur lui afin de faire tomber la fièvre et Aïcha regardait en pleurant.

J'apportai sept seaux d'eau. Et ils lui versèrent les sept seaux sur la tête, jusqu'à ce que la fièvre ait baissé. Aïcha le sécha immédiatement et enveloppa ses épaules d'une couverture tandis que les hommes l'aidèrent à se recoucher.

« Maintenant, je veux que tout le monde s'en aille », dit Aïcha.

Abû Bakr l'exhorta au calme.

« Tout le monde dehors ! répéta Aïcha.

— Aïcha ! Maîtrise-toi ! dit Abû Bakr.

— Mon mari dort. Tout le monde hors de ma chambre ! »
Personne n'osa répliquer. Tous quittèrent la pièce.
Aïcha demeura seule avec le Messager.
Et moi, Zayd, je repris le guet devant la porte.

90

Il dirige toute chose

Des années plus tard, Aïcha devint une femme puissante, peut-être même la femme la plus puissante de la terre. Elle se déplaçait à dos d'éléphant. Je me mis à sa recherche afin d'écrire la dernière phase de la vie de Muhammad.

En vain, je me rendis sept fois à son palais afin de convenir d'un rendez-vous avec elle, mais je me faisais arrêter devant sa porte.

J'étais patient. Et je continuai d'y aller régulièrement, jusqu'au jour où enfin je la croisai devant son château, alors qu'on l'aidait à descendre de son éléphant, et je criai fort : « Aïcha ! »

Elle portait un voile vert transparent devant le visage. Elle se retourna.

« C'est moi, Zayd. J'écris la vie de Muhammad. Je voulais te demander de me raconter un certain nombre de choses. »

Elle entra. Je crus qu'elle ne voulait pas me parler. Mais quelques instants plus tard, sa domestique reparut et me dit : « Ma maîtresse accepte de vous recevoir. Suivez-moi. »

Escorté de trois gardes du corps, je pénétrai dans sa demeure.

J'ignore comment vécurent les reines perses et nous n'avons jamais eu de reine arabe dans notre histoire, mais Aïcha correspondait tout à fait à l'idée que je me faisais d'une reine.

Entourée de jeunes et belles servantes, elle était assise sur un trône en or, appuyée sur des coussins de soie ornés de pierres précieuses, éclairée par de grandes bougies posées dans des chandeliers d'argent.

Elle s'était quelque peu empâtée et il ne restait rien de la jeune et espiègle Aïcha. J'avais changé, moi aussi, et c'est pourquoi elle resta coite un instant à me regarder.

« Tout a changé, Zayd, dit-elle.

— Tout, répétai-je.

— Prends place, Zayd. »

On me présenta une chaise couverte de satin rouge au motif fleuri.

« Dis-moi, Zayd, que veux-tu que je te raconte ?

— Veux-tu bien me dire ce qui s'est passé cette nuit où tu as renvoyé tout le monde pour rester seule avec le Messager ? »

Aïcha se tut, elle ne souhaitait rien en dire.

Pour la convaincre de l'importance de ses paroles, je lui dis : « Tu n'es pas seulement la reine du Royaume. Ceci doit devenir l'Histoire. Mon livre n'est pas destiné à nos contemporains, mais à ceux qui vivront dans mille ans.

— Zayd, cela ne te semble-t-il pas incroyable ? Mon époux Muhammad est mort, mon père, Abû Bakr, est mort. Omar, Othman et Ali ont tous les trois été assassinés. On dirait que tout cela s'est passé en un instant. Et cela me semble hier que vous versiez de l'eau froide sur Muhammad pour faire baisser sa fièvre.

« Lorsque tout le monde fut parti, j'ai fermé la porte à double tour. J'ai tamponné son front avec un linge et je lui ai enfilé sa longue djellaba blanche.

« J'ai tamisé la lumière de la lanterne, je me suis glissée sous sa couverture, me suis allongée contre lui, j'ai posé ma tête sur sa poitrine et fermé les yeux. Je voulais retenir ce moment pour l'éternité. S'il ne voulait pas ouvrir les yeux, moi non plus, je ne voulais plus ouvrir les miens. Et s'il mourait, je voulais mourir aussi. Je ne sais pas combien de temps cela a duré, mais à un moment donné, je me suis assise et j'ai vu dans la lumière pâle qu'il me regardait et me souriait. J'étais au comble du bonheur et je lui ai embrassé la tête, les yeux, le nez et les lèvres. Il m'a dit tout bas quelque chose que je n'ai pas compris. J'ai approché mon oreille de sa bouche, il a répété, mais de nouveau je n'ai pas compris. Puis il a fermé les yeux et il est parti.

« J'étais encore jeune, je n'avais jamais vu la mort d'aussi près. Je me suis écartée doucement, j'ai couvert mon visage d'un voile vert, quitté la chambre discrètement et rejoint pieds nus la maison de mon père. J'étais comme somnambule. Le gardien m'a accompagnée à l'intérieur. Mon père est apparu dans la véranda. Il a tout de suite compris, mais il a quand même demandé : “Aïcha, que fais-tu ici ?

« — Le Messager est parti”, ai-je dit, et je me suis effondrée. »

Moi, Zayd, j'étais devant la porte lorsque Aïcha quitta sa chambre. Je la laissai partir et entrai dans la pièce où gisait Muhammad. Je pris la lanterne et observai son visage, qui était recouvert d'un voile vert.

Je m'agenouillai à côté de lui et récitai une sourate :

« *Alif Lam Mim Ra*
Les premiers arrivés seront bien les premiers
Dans les jardins du délice
Reposant sur des lits de repos sertis de pierres précieuses
Il y aura là des houris aux grands yeux expressifs
Semblables à la perle cachée
Elles circuleront autour d'eux
Portant des aromates
Et des coupes remplies de vin
Qui ne leur provoqueront ni maux de tête
Ni étourdissements,
Et les fruits de leur choix
Et la chair des oiseaux qu'ils désireront. »

La porte s'ouvrit. Abû Bakr, Omar, Othman et Ali entrèrent. Je me redressai et levai la lanterne. Tous les quatre s'agenouillèrent autour du lit et Abû Bakr psalmodia :
« *Alif Lam Mim Ra*
Il dirige toute chose
C'est Lui qui a étendu la terre
Il y a placé des montagnes et des fleuves
Il a élevé les cieux sur des piliers invisibles
Il a soumis le soleil et la lune
Chacun d'eux poursuit sa course vers un terme fixé
Il dirige toute chose avec attention
Il recouvre le jour de la nuit
Et inversement. »

Ensuite, ils s'éloignèrent de lui pour s'asseoir à même le sol. Il fallait sans délai élire un successeur à Muhammad. Et ils devaient se dépêcher, car la décision devait être prise avant le lever du soleil.

Mais ils ne furent pas longs. Omar, Othman et Ali prononcèrent en même temps le nom d'Abû Bakr. C'est ainsi qu'Abû Bakr devint lc premier calife.

Ils se levèrent et embrassèrent Abû Bakr sur l'épaule gauche.

Le Messager était mort. Le premier calife était élu.

Ils allèrent tous les quatre à cheval à la mosquée. Et je les suivis à quelque distance.

Le crieur public appela les gens à se réunir pour la prière.

Omar cria : « Le calife Abû Bakr dirigera la prière ! »

Abû Bakr ceignit l'épée de Muhammad et se tourna vers La Mecque.

Tout le monde comprit que Muhammad était parti.

91

Zayd parle

L'histoire que je voulais transmettre sur la vie du Messager est loin d'être terminée. Mais je dois m'arrêter. C'est la loi des histoires. Elles finissent quelque part.

Au moment où vous lisez ceci, je suis déjà mort.

Zayd est heureux dans sa tombe s'il a bien accompli sa mission.

Muhammad le fit pour Lui.

Mais moi, je le fis pour lui.

ZAYD IBN THÂLITH

Le chroniqueur de
Muhammad ibn Abdallah
7 chawwal 40
La Mecque

Composition : Nord Compo
Achevé d'imprimer
par CPI Firmin-Didot
à Mesnil-sur-l'Estrée, en août 2018
Dépôt légal : août 2018
Numéro d'imprimeur : 146895

ISBN : 978-2-07-012548-7/Imprimé en France

167577